庆祝中华全国总工会成立100周年
天 津 市 职 工 作 家 创 作 文 丛

新生代

李欣颐 著

XIN SHENG DAI

中国工人出版社

图书在版编目（CIP）数据

新生代 / 李欣颐著.—北京：中国工人出版社，2024.4
ISBN 978-7-5008-8427-9

Ⅰ. ①新… Ⅱ. ①李… Ⅲ. ①中篇小说—中国—当代 Ⅳ. ①I247.5

中国国家版本馆CIP数据核字（2024）第049280号

新生代

出 版 人	董 宽
责任编辑	李滢洁
责任校对	张 彦
责任印制	栾征宇
出版发行	中国工人出版社
地　　址	北京市东城区鼓楼外大街45号　邮编：100120
网　　址	http://www.wp-china.com
电　　话	（010）62005043（总编室） （010）62005039（印制管理中心）
发行热线	（010）82029051　62383056
经　　销	各地书店
印　　刷	北京市密东印刷有限公司
开　　本	880毫米×1230毫米　1/32
印　　张	3.875
字　　数	80千字
版　　次	2024年4月第1版　2024年4月第1次印刷
定　　价	28.00元

天津市职工作家创作文丛·序

长风破浪会有时

蒋子龙

甲辰年初夏——“五一”劳动节来临之际，津沽大地绽放出一束别样的文学景观：十位作家，一套丛书，十部作品。作家居然成一个班的建制“闪亮登场”，让人有些惊奇和振奋，甚至感到有些突然。曾几何时，社会一度在关注天津青年作家队伍的现状，如今看谁还敢说“天津文学后继乏人”？！

说突然，其实并不突然。在过往的岁月里，他们都公开发表过多篇小说、散文、诗歌等作品，有的还出版过长篇小说，只是多以“散兵游勇”的姿态游离于文学界。久而久之，他们当中或许有人会成为名家，或许有人会与文坛渐行渐远，这也充分说明了机遇和平台的重要性。这十位作家来自不同的行业，他们共同的身份是所在单位的工会会员。这批俗称语境中的“业余作者”，之所以能和他们的作品一起在天津文坛集体出场，得益于天津市总工会的“职工作家培育工程”。回想起早年间，我所在的厂工会是职工的文艺之家，文、音、体、美、舞全面开花，富有吸引力、感召力和亲和力。离开工厂多年，我无论如何都想不到，天津市总工会竟办成这样一件给文学界鼓气提神、为职工生活锦上添花的大好事。

职工是社会的重要见证者和参与者，也是通过劳动创造生活的实践者。主办方天津市总工会告诉我，启动于去年春天的“职工作家培育工程”，参加条件之一是“在职职工”。在我看来，“在职职工”的视野里有真东西，生活中有真体验，情怀中有真良心，笔尖上有真表达，这就从根本上杜绝了鸡零狗碎的胡编乱造——看似写的是现实生活，却没有现实感，触及不到现实的敏感神经和痛点。纵观过往的文学大家，大都是“在职职工”。钱钟书对“纯文人”甚不以为然，他在《论文人》中就直言:“古人所谓‘词章家’、‘无用文人’、‘一为文人，便无足观’的就是。至于不事虚文，精通实学的社会科学与自然科学等专家，尽管也洋洋洒洒发表着大文章，断不屑以无用文人自居。”在物质社会、同质时代，差异就是优势，职业本身就使他们具备天然的差异性。因此，“在职职工”更容易培养和保持自己的势能。而写作，是不能失去势能的。

克莉斯蒂有句名言:“作家是缺少自信的人，永远需要鼓励。”从某种意义上讲，天津市总工会提供的“培育”更像一种鼓励。这种“鼓励”可谓形式多样、内容丰富，其中包括联系名家交流创作体会、提供修改建议等。这不仅是对“业余作者”

的鼓励，也是对文学创作“造血”机能的培育。岂止是“业余作者”，即使是名家，也需要这种鼓励。陈忠实写完《白鹿原》，先拿给一位并非声名赫赫的评论家朋友看，得到朋友的认可和鼓励后，才敢寄给出版社。同样的道理，十位作家与工会这个“知音”不期而遇，从而有了十部作品的高山流水。

这十位作家中有机关干部、产业工人、教师、公安干警、社区工作者等，他们带来七部长篇小说和三部5万字以上的中篇小说。其中的《坚不可摧》在我看来是长篇架构，只是没有完全展开，交代多于描写。这些作品无一不是从他们熟悉的生活元素中提炼出来的，题材多样、内容丰富，带有明显的天津地域色彩，创作理念也各有千秋。他们有沉实的生活底蕴，再配上足够的想象力，小说就有了魅力。

文学不能失去社会性，这十部书有着结实的人物形象和故事，写出了现实生活的骨感。《追光》中的女主人公刘少英，原是家里的墙上贴满奖状的模范人物，是村里最早致富的领头人，为支持村里办炼铁厂让全村人致富，不惜拿出全部家当。为此丈夫离开了家，而唯一的儿子死于事故。因儿子宅基地上无房，无法拆迁分房，村里干部和开发商与她多次协商无果，她成了“钉子户”和“上访专业户”。幸好后来为给山里送电，负责解决这一问题的男主人公陈进，年轻时曾是刘少英的崇拜者，诚直和厚、古道热肠，在他的调解下，刘少英主动迁走了儿子的坟墓，为“追光”工程让路。晚年，她孤身一人顽强而不倨傲地生活在山脚下，守护着儿子的孤坟。整部小说风骨硬朗、气象清扬，并不回避社会现实中的丑恶与矛盾，却令人动容，并感到温暖。

文学界似乎或明或暗、或断或续地一直在争论写“光明面”和“阴暗面”的问题。文学的力量不取决于写不写这“两面”，而是怎样写、以什么样的心态写。倘是怀着阴暗的心理歌颂“光明”，那就是对“光明”的嘲讽，效果适得其反。而《追光》的作者诤直有胆识，文不负心，持经世情怀，纵是揭露了种种社会矛盾和丑恶，却能真正打动人，反不会令人有晦暗之感。诺贝尔文学奖获得者、德国作家格拉斯曾言“文学正在从公众生活中撤退”，这才是文学被边缘化和失去感染力的原因。现实主义的基本逻辑是真实，深刻必蕴于诚实之中。现实主义的真实有超越虚构和说谎的力量。

中篇小说《坚不可摧》就具备这样的品格，两个优秀的警察，不得不躲在医院卫生间里彻夜分析案情，商量破案办法。为什么？因为他们的顶头上司公安局长是凶杀案的幕后主使。小说气格峥嵘，提供了一个很好的故事，触及了现实的痛处。直面现实，才能超越现实，富有建设性。这样的作品有益于世道人心，给人一种精神鼓舞。

长篇小说《肺活贴》也如此，主人公吴刚的亲人罹患绝症，又被现行医疗环境逼到绝境，竟发愤自己制药……从一个个剖面，层层剥开掣肘职场、阻碍顺畅呼吸的病灶，绘制一幅幅青春奋斗风貌。这样的小说才是读者乃至社会的“肺活贴”。作者把自己的灵魂注入作品之中，用真诚使文字有了一种巨大的感染力量。真诚是创作的命根子，写作不是精神逃避，有真性情才有好文字。在虚假文字泛滥、作家的虚构能力减弱的当下文坛，这十部作品尤其显得难能可贵，有一种回归创作本真的强心意义。

长篇小说《“姐夫”驾到》文思灵幻，生面别开。单是主人公获得了“姐夫”这样一个称谓，便带着亲昵、诙谐等诸多涵义。一个合资企业的代理工会主席，像“姐夫”一般千方百计、足智多谋地为职工谋求合法权益，关心职工的进步和发展，最终竟将企业的外方老板也教化成半个“姐夫”。小说气象融合可亲，用嬉戏笔法消解了企业内部的紧张矛盾，语言俊丽、文采盎然。

《一条大河波浪宽》中的“大学生村官”闫行的一段话，让我觉得这部小说的境界，高于眼下同类题材的许多作品：“我不想唱高调，对我来说，我就是找了一份普普通通的工作，自己做得开心的同时，也能让身边的大家伙儿开心，这就是我工作的价值。”这部书提出了一个了不起的观念：大学生当“村官”应该“职业化”，而不是“运动化”。就如同企业界有“职业经理人”一样，有契约、有标准、有职责，双向选择，这样的“村官”更便于融入农村。所以闫行刚进村的时候是“小闫”或“小行”，渐渐变为“真行”或“大行”，后来成为“老行”！

成熟的文学原不受题材的局限，《车间主任》《新生代》等作品，描写了现代企业生产经营、管理与发展的各种情状，看似是所谓的“工业题材”，实际是表现现代人的“职业性”，或者说现代职业生涯中的人性。在计划经济的年代，工厂车间的主要职能是生产、出产品，人际关系简单，谁的技术好，谁就会受到上级和工友的尊重。“公私合营”后企业的性质只有一种“国营”，理论上工人是国家的主人。仅这十部书中涉及的企业，就有国有、独资、合资、股份制、全民所有制……人际关系变得极其复杂和微妙，本该以生产为主的车间，人际关系成了“第一生产力”……

过去写工厂生活有个很大的困难，不写生产过程，故事无法展开，人物塑造和矛盾的铺陈都离不开“生产”这个元素，但一写生产过程，作品就显得枯燥乏味，被贬为“车间文学”。而《车间主任》等作品完全没有受这些因素困扰，其表现的是工业生产环境下的职业人生，有其特殊性，也有共性。“工业题材”是个约定俗成的概念，工业剧烈地改变了社会，改变了生活，小说是冲着被工业化改变了的社会生活以及“工业人生”去的，工业生产只是工业人性的背景。工业社会里没有容易的人，也没有容易的人生，小说有察世之智，朴诚沉挚。这是《车间主任》《新生代》乃至《肺活贴》等作品对“工业题材”的开拓和新贡献。

《暖春》题材新颖，在此之前，我还没有读到过像模像样的反映“社工”生活的小说。小说中的居委会，已经完全不是从前由一个“老大姐”，俗称“街道大妈”主持工作的居民委员会了。网络社会，网中人在微信上亲，见了面淡，住在同一栋楼，可能很久都见不上一面。而小说《暖春》，却气度温婉，文字有清趣。

《大湖长歌》显然是取材于东丽湖的开发，因为东丽区的赤土村很有名，小说保留了这个村名。东丽区曾经是天津的一块文学高地，20世纪九十年代崛起的几位专写长篇小说的东丽作家，均已年过花甲。在天津市总工会推荐的十位作家中，看到李旸的名字，令人高兴。

以前东郊区有大片的田地覆盖着黑乎乎的污水，人们钓鱼不敢去东郊。先有东丽湖的开发，后有空港的建成，不仅是一个区改天换地，天津东部半个城市的面貌都大为改观。李旸倘是把格局打开，不局限于一个区、一个湖、一座神龟亭，驰骋想象，把东部天上地下、湖里岸边、神龟金条等串在一起，纵放宕出、浑然成章，或许小说有另一番气象。作家就应对现实深切关注，同时保持易于思考和发挥想象的适度距离。

我居住的小区靠近西外环，十多年前每有西风，便会闻到一种烧胶皮的臭味。无风时也有这种臭味，天空的西边还汹涌着浓密的黑烟……岂料那竟是小说《青铜雕像》的生活原型。社会开放，被贫穷挤压太久的农民，一有了发财致富的自由，便无师自通地寻找各种“赚钱的门路”，然后不顾一切地走下去。其中一条门路是到城里收购废铜烂铝，回家稍作处理，加价卖出。

其中的代表人物李清泉，最初乘长途公交车，奔波一天再乘车回家时，要经过一个检查站。像战争年代穿过封锁线一样，他把装着金属破烂的编织袋东藏西掖，还经常被没收。后来他骑“铁驴”自行车，驮着一二百斤甚至更重的破铜烂铁绕过检查站……书中有个细节具有经典元素，收破烂走街串巷，是十分劳累和辛苦的。一天中午，主人公李清泉实在又累又饿，坐靠在一个变压器小屋的墙根下，从怀里掏出干饽饽和一块咸菜，吃着吃着竟睡着了。迷迷糊糊感到有个热乎乎的东西在嘴边蠕动，用手一拨拉，摸到一团毛烘烘的东西，睁眼一看，是一条流浪狗，正用舌头舔他嘴边的饽饽渣……

他很生气，自己不仅被人欺负，连狗也欺负他，当即把流浪狗赶跑。随后他却想到，这条狗也是饿坏了，才来舔他的嘴，其实自己比流浪狗也强不了多少，早知道就剩点饽饽给它。我想给作者再补充几句：以后这条狗就跟着李清泉到处走街串巷收破烂，成了他的好伙伴，这让他觉得轻松愉快了很多。后来他越做越大，渐渐发展到一个集装箱一个集装箱地大规模处理废旧电缆、电线和各种金属垃圾，最终创建了没有污染的“再生资源公司”。直到他去世后，那条狗还整天守护着他的“青铜雕像”。小说可以有闲笔，增加情趣和意蕴。

《青铜雕像》格调沉郁，文思饱满有力，读罢难抑苍凉之慨。李清泉这个人物不同于以前文学作品中的诸多农民企业家形象，有着完全不同的心性和智慧。从买卖废铜起家，最后为他立了一尊“青铜雕像”。

天津市总工会邀我为这套“十人书”作序。读罢书稿，神思感奋，似能与作者心源相接。于是不避妄言多失，写下读后心得。聊以应命。

作者系中国作家协会原副主席、
天津市作家协会原主席
2024年4月

目　录

第一章

一弯浅淡的下弦月嵌在最高的裂解塔（石油化工和天然气加工中的重要设备）的塔尖旁，就像给裂解塔头上戴了一枚弯月发卡。乔伟走出化验楼，抬头望向装置区高低错落的塔釜，灯光像一颗颗银宝石落入凡尘，给每座塔釜镶嵌了亮丽的花边。他凝望着灿若星海的装置区，深吸一口气，然后猛地呼出去，抖抖手里的车钥匙，走下台阶。

走出几步远，车间最年轻的技术员魏佳宜迎面而来。她头戴安全帽，棉袄敞着怀，天色虽然已经黑下来，但借着化验楼门口的灯光，魏佳宜脸上被“猪鼻子”（职工们对防毒面罩的称呼）压出的深深痕迹仍清晰可见。“书记，下班啦?”她似是打招呼，又似质问地对乔伟喊道。摘下来的“猪鼻子”挂在脖子上，在她胸前左右晃动着，一股油味随风冲入乔伟的鼻孔。乔伟瞟了一眼魏佳宜手里提的采样筐，里面放着两瓶石脑油（石油产品，主要用作化工原料）样品。“怎么？今天石脑油有问题吗?”乔伟关切地问。“都下班了，又来了20多车，还都着急卸车。”魏佳宜大大的眼睛里含着明显的怨气。她故意把眼神瞟向一边，不跟乔伟的眼神对接，同时加快脚步登上台阶。乔伟望着她消失在化验楼里的背影，轻轻地摇了摇头。自从一个月前来到质检一车间，职工们没少给他出难题，包括魏佳宜这样的技术骨干也是一人一个心眼儿。可是换个角度说，他也没少给大家“出难题”，比如说让技术人员下班组，直接就削减了一部分人坐办公室的特权，魏佳宜刚才的态度明明白白是心不甘情不愿啊。

来到质检一车间的这一个多月，乔伟基本上白天黑夜全泡在单位，一方面是熟悉车间业务，另一方面真的是工作缠身。可是今天不同。今天下午柳婷从北京回来了，他要早点回家，先去取预订的蛋糕，然后接上柳婷去一家私房菜馆。车间主任老任下午一直赶他走：“回去吧，单位有啥事我盯着，两口子好不容易团聚。”可是哪儿走得了啊。都快五点半了，他刚把办公电脑关了，车间副主任刁建利就推门进来了，一屁股坐在乔伟对面的沙发上。

“书记，咱们中控班的职工说夜宵总是那几样东西，大家都不爱吃，能不能跟上面反映一下，换换品种？”刁副主任的一双小眼睛闪着狡黠的光。

“可以反映，但是咱们要问问其他班组是不是也有同样的需求。”乔伟盯住刁建利的眼睛说。

“这个……就不该我……”刁建利欲言又止，躲闪着乔伟的眼神。忽然，他嗓门抬高了一倍，说：“这些倒班职工刁钻得很，不给配夜宵吧，啥事没有，配了夜宵，又挑三拣四，就不该给他们配！”

乔伟笑道：“可不能这么说。这事回头我来协调，刁主任，你别晚了去学校接孩子。”

刁建利愣怔了一下，起身笑着告辞。

刁建利是质检一车间的元老，大学毕业就分配到车间，从普通职工到技术员，再到现在的副主任，用了十几年时间，而和他同一年来的人有的已经当上了副经理。他聪明，有能力，美中不足的是把名利看得太重，圆滑外露，做事不择手段，或许这是他仕途止步不前的一个重要原因。

乔伟来质检一车间任职的这一个月，刁建利没少为难他。乔伟心里明白却不说破，做事总是加着小心，不论是行为还是话语，都尽量不给对方留把柄。刁建利今天来的目的难说，如果乔伟顺着他的话表达了情绪，保不齐他去职工中挑拨，到时候自己就被动了。

这不是乔伟心思缜密，总把人往坏处想，而是事实胜于雄辩。

质检一车间一度在分析化验部出了名。分析化验部是2019年8月新整合成立的处级单位，在这之前，公司各化验室归各装置作业部分管，分析化验业务零零散散。党的十八大后，公司提出了业务整合的新思路，先后完成了公用工程、水务等专业的整合，紧接着分析化验专业也迎来了大变革。

分析化验部成立后，各作业部化验室虽然仍在原地办公，但行政有了统一归属，业务也开始不断重整。业务重整势必要学习新技能，这对大多数年龄在45岁以上的女职工来说极具挑战，女工们的抵触心理很严重。而且业务整合后，职工们的岗位工资和绩效要统一，涨了薪酬的偷着乐，降了收入的当然就闹起了情绪。种种因素使质检一车间成了整合工作中的“老大难”车间。

当时的车间主任和书记被突如其来的变故弄得焦头烂额。一方面要让来自不同作业部的化验员互相熟悉，学习彼此的技能，为班组整合打基础；另一方面出于稳定的考虑和对车间老职工的保护，两位领导在薪资统一工作上表现得比较消极。让班组职工互学导致职工不满，不推动薪资统一让领导不满，而此时刁建利觉得自己有了机会。

分析化验部成立三个月后，单位搞技术序列评聘，质检一车间职工王晓光申报助理师被刷了下来。王晓光心里憋屈，自己在质检一车间干了二十多年，今年都44岁了，连个助理师都评不上，以后恐怕也没机会了，想想这些年自己在车间分析数据网络系统建设上的付出，心里很不平衡。可是部里给出的理由很充分，他是技能序列人员，没有资格参加技术序列评聘。

“就看序列，不看工作，在技术序列的人干不了，不在技术序列的人再会干也没资格评，这叫个啥！以后老子不干了。”王晓光在班组里发牢骚。这恰巧被走进来的刁建利听到。他小眼珠子一转，示意王晓光跟他出去。两人走到僻静处，刁副主任说：“发牢骚有啥用？别把自己气个好歹。消消气吧。”“我说说怎么啦，我又不是针对谁!”王晓光怼道。“嗨，我不是那个意思。我听说质检二车间的一个人跟你一样的情况，人家就参加评聘了，而且还评上了，你知道为啥?”刁建利盯着王晓光，王晓光一头雾水，直勾勾地看着他。“人家上面有人，一句话的事，什么序列不序列。”“这不公平!”王晓光认真起来。刁副主任晃着脑袋，慢悠悠地接着说:“哪来那么多公平！也有个法子，咬住这样的不公平，直接找大猫儿，保不齐也能跟着沾上光。哈哈，不过，那得豁得出去，你不是那样的人，你不是。得了，以后别发牢骚了。”说完，刁建利迈着方步走了。王晓光心里的气就像蒸锅里的蒸汽一样滋滋地往外冒。

当天下午，领导正在开工作例会，王晓光猛地推开了会议室的门，闯进会场。张经理、刘书记和参会人员被突然闯入的家伙吓了一跳，问明了身份，张经理和刘书记让王晓光到接待室等待。可是王晓光的轴劲儿上来了，把过来拉他的党群科朱科长往旁边一推，说:“今天我就想要个答复，为啥跟我同样情况的人能参加评聘，我却不能?”

乔伟当时也在座，刘连章书记站起来说:“那你跟我来吧，大家继续开会。”

后来，不知道刘连章书记是怎么把王晓光劝走的。王晓光走后，刘书记一直没走出办公室，已经下班了，乔伟去敲他的门。刘书记的办公室没开灯，乔伟把灯打开，刘书记陷在椅子里，一副若有所思的样子。看见乔伟，他的面容和缓了些。“职工对咱们缺乏信任，我让朱科长去调查了。王晓光说的质检二车间那个人是公司的青年岗位能手，破格从技能序列转到技术序列参加评聘，不存在走后门的问题。我跟朱科长说了，今后干工作要谨慎再谨慎，该公示的公示，必须透明，免得出乱子。”说着，他站起身，把手边的一份报告递给乔伟，“这是综合科刚刚拟好的职代会报告，张经理审批过了，你这个综合科科长肯定也看过了吧？里面的内容我很赞同。企业改革没有完成时，后面的业务整合会有更多问题出现，可是我们不能怕，你年轻，多思考多历练。”

王晓光怒闯部例会不久，质检一车间又出事了。这回不是个别职工的问题，而是一起群体事件。

2019年刚刚结束，崭新的2020年掀开篇章。辞旧迎新，心怀期许，本来应该是个令人愉快的日子，可是元旦后第一天上班，2号装置中控班的职工们就堵住了车间主任的办公室。2号装置中控班一共有15名职工，除了班长，大家齐刷刷地站满楼道。刚从部里开会回来的赵主任把大家带进办公室，职工们站的站，坐的坐，你一言我一语地说明了来意。其实，赵主任在路上已经接到了2号装置中控班秦班长的电话。秦班长汇报说，职工们对年终奖分配有意见，班组整合前，年终奖里会有一份配合研发新产品的奖励，今年不知为什么没有了。化验人员的年终奖比装置工艺人员少了几千元，职工们为此情绪很大。

“我们想问问领导，这笔钱到底哪儿去了？为什么我们的年终奖比人家少了那么多？还是干这些活儿，待遇怎么降了这么多？”“该给我们的为什么不给我们？我们参与研发一年多，做了多少次实验啊，人家工艺人员今年还是有科研奖励的呀！”大家七嘴八舌。

此时，刁建利也在场。他一言不发地观察着，看赵主任如何处理。赵主任解释说：“以前你们每年是不是有科研奖励我不清楚，今年既然归我管，我会把大家的想法往部里反映，让部领导去公司为大家争取。但是，大家不要用这种方式反映问题，大家反映给班长，由班长向我们汇报就可以。”

“班长汇报有什么用？我们不来找，你们会重视吗？”其中一位岁数大些的女工没好气地说。

“我劝大家别闹，分析化验整合其实对你们很不利，以前你们的人事关系在主装置，在所有化验员里算是收入高的，你们看看那些辅助装置的化验员，他们的收入比你们低很多。若不是我和书记在这儿挡着，你们的收入早跟他们拉平了。”赵主任长得五大三粗，是个实在人，说话就掏心窝子。

“可是我们的收入明明少了呀！今天科研奖励没有了，明天又不知什么没有了。科研奖励不给我们，我们就找上面领导去。”职工们并不买账。

“今天大家都在，我也不妨跟大家说，部领导三番五次地约谈我和书记，督促我们搞班组整合。班组整合一搞起来，不光是你们要学新技能的问题，更重要的是你们的收入肯定要跟低收入的职工拉平。我们在这儿一个劲儿地护着，你们还觉得不满足。你们的意思我都明白了，我和书记会跟部领导汇报，大家先等一等。”

职工们该说的也都说了，想想赵主任说得也不无道理。自从分析化验部成立后，质检一车间算是动静最小的车间了，班组职工互学也只限于同类岗位，操作技能差异大的班组、收入差距大的班组并没有互学，更别提班组间的整合了。看看二车间和三车间，班组人员整合、工作业务整合，搞得轰轰烈烈，从前的安稳日子一去不返了。不学新技能，绩效奖金见分晓，除非你不在乎钱，可是来单位上班，有谁对收入真的能做到“佛系”呢？竞争的态势一出，那就是真刀真枪上阵了，你不学，行吗？

职工们散了，赵主任觉得自己跟大家的推心置腹起到了作用，以真诚换真诚，大家相互理解，你好我也好，这样干工作再好不过。只是科研奖励的事还是要抓紧跟部领导汇报，职工们盯住的事必须要有答复，否则，职工们觉得被糊弄了，以后他说啥就都不灵了。

可是赵主任万万没想到，他还没来得及跟部领导做汇报，此次群体事件的来龙去脉已经被部领导掌握了。

当天下午，赵主任去找张经理和刘书记分别汇报职工反映的科研经费问题，可是两位领导的态度平静得有点儿奇怪。张经理平时话就少，刘书记淡淡地说：“情况我们已经知道了，乔伟与公司沟通过了，部里会尽力为职工们争取。”赵主任听了刘书记的话觉得不妙，又不敢多问刘书记的消息来源。刘书记让他打电话把车间支部书记喊来，一起研究一下质检一车间的问题。赵主任满腹狐疑，他化解了一起群体事件，没有像上次王晓光那样闹到部领导跟前来，本来指望着能得到领导的几句夸奖，没想到领导的态度这么冷淡。支部书记很快就到了。支部书记姓王，是个典型的老好人，谁也不得罪，无功无过无作为，在车间里早成了摆设。他站在赵主任近旁，就像个孩子缩在家长身后。

刘书记呵呵笑着伸手示意他们落座，然后拿起电话叫来了乔伟和宋科长。

“今天叫你们来，是宣布一个决定。这个决定是我和张经理包括领导班子早就研究好的。质检一车间最近的问题比较多，老赵和老王你俩辛苦了，岁数也都不小了，我和张经理身边也缺少有经验的老同志，所以想调你们过来做科室的管理工作。你们对化验室管理很熟悉，老赵到生产科，老王到综合科，把各项管理工作抓起来。我们班子研究决定让乔伟去质检一车间当书记，主任人选呢，张经理推荐了质检二车间的任志新。”

刘书记的话音还没落，赵主任先站了起来，他呼哧呼哧地喘着气说：“书记，我，我不想走，唉！”然后又一屁股坐下来。王书记的表情虽然有些惊诧，但表态倒很利索：“我服从组织安排。”

“车间最近比较乱，你俩也避避风头。任命文件随后下发，你们提前做好工作交接。”张经理一锤定音。

有些事当事人如何也搞不懂，比如赵主任，他做梦都想不到自己会被这么突然地调离质检一车间。在利益面前，一些怀着野心的角色，往往不择手段。乔伟知道赵主任和王书记栽在了谁的手里，此去质检一车间任职，他要格外地提防一个人，这个人就是刁建利。

已经过了晚高峰，交通还算通畅。取了蛋糕走出商店，乔伟的手机响了。

“到哪儿了？我都饿了。”柳婷略带疲倦地问。

“十分钟后你下楼。”

“我都不想出去吃了，累。”

“去吧，你不是最爱吃那家菜嘛，再说今天是个特殊的日子。”

乔伟开车赶到自家楼下时，柳婷已经在楼门口等着了。她穿着一件奶白色长款羽绒服，手插在衣兜里，望着乔伟的汽车缓缓开近。坐上副驾驶，柳婷瞟了他一眼，嗔怪道：“你有多少天没回家了？屋里一层土，你干脆以厂为家得了。”“哎，回家干吗呢？反正是清锅冷灶，被窝都是凉的。”乔伟略带调侃。“让你离开这里，跟我去北京嘛。”柳婷侧过脸试探地问，“怎么样？”

“什么？”

“你就是不听我的。”柳婷生气地埋怨。

乔伟没有回答。柳婷也没有再说话。车停在一片小二楼旁，两人下了车，乔伟提着蛋糕，朝一家招牌上写着“有缘私厨”的餐厅走去。这是一家极小的餐馆，一楼只有两张小桌，每张桌子也仅能容两人对面而坐，室内灯光柔和，给人暖暖的感觉。

女老板跟他俩早就熟识了，非常亲和，已经为他们备好了一切。菜和肉都是当天新买的，依着客人的喜好微辣，加一点点糖。四道菜两荤两素，一会儿就上齐了，女老板对柳婷说，因为白天听说他俩要来，另一桌就没安排客人。柳婷满心感谢。

蛋糕不大，两人一人切了一角，剩下的一角送给了女老板。女老板问："是谁过生日呀？"柳婷笑而不答。乔伟说："我俩过生日。"女老板惊诧道："原来你俩同年同月同日生啊，这缘分！"柳婷笑得眼睛弯成了月牙儿。乔伟望着妻子熟悉的脸庞，似乎又回到了22年前。

那年乔伟和柳婷都是18岁，读高三，紧张的学习没能压抑住两颗年轻的心，他们谈起了恋爱。具体是怎么开始的乔伟记不得了。柳婷是那么美丽，只要看见她，他所有的疲惫都可以减轻，所有的压力都变成了动力。可是，他们的家长都格外紧张，尤其是柳婷的妈妈，那是个望女成凤的要强妇人。乔伟家世代都是普通农家，柳婷的妈妈极力反对他俩在一起。当然，理由是会影响学习。

一放寒假，柳婷的妈妈就以学习为由限制柳婷出门，柳婷只要出门，她一定要跟着，气得柳婷咬牙跺脚。有两回柳婷说去镇上的老师家里请教数学题，她妈妈也要跟着去。整个寒假，柳婷都被监视着，春节都过完了，也没见到乔伟一面。本来他俩在一起时也没啥，互有好感也只是停留在眼神里，借着学习往一起凑，慌得忘了要学的是啥，还得自己去背后努力。可是家长出面一拦，这事就似乎被挑明了，而且成了一块心病，必须要解决才行。柳婷心里整天装着事，心神不安，而此时见不到柳婷，乔伟心里也没着没落似的。

借着开学前返校的机会，两人打算说几句话。可是学校里的气氛太紧张了，根本没有空闲说别的。中午从学校出来，乔伟和柳婷没有跟同学们一起去挤公交车，他俩似是心有默契，沿着马路一前一后地走出了镇子，然后并肩走上了通往村子的柏油路。二月下旬，北方的天气还是冬天的模样，路两旁的树光秃秃的，路基下是长长的蓄水沟，蓄水沟旁边是成片的蔬菜大棚。这些大棚是北方乡村冬天特有的景色。坚实的，用泥巴在两侧砌出一米高的围墙，围墙上安装玻璃，覆盖天窗，形成温室；简陋的，直接用竹竿做支撑，塑料膜封闭，形成拱形的塑料棚。

躲开了熟人，乔伟和柳婷并肩走在冬日的暖阳里，风虽冷，脸蛋虽凉，心里却温暖极了。“你复习得怎么样了？”乔伟问。“就那样吧，等开学了，有些问题还得你帮着解答一下。”柳婷嘟着嘴说，“我妈不让我出门，一个假期，哪儿去哪儿跟着，烦死人了，要不这些问题早解决了。”

柳婷的话音刚落，从背后突然传来一声呵斥：“婷婷，你跟我回家去！”

柳婷没回头，脸先白了。她看一眼乔伟，眼神里有尴尬还有羞怯。乔伟愣怔了一下，想喊伯母，却见柳婷的妈妈根本不瞅他，直接去拉柳婷。柳婷一把甩开她的手，拽着乔伟就跑。乔伟顺势跟着跑起来。两人跳下路基，越过蓄水沟，直奔蔬菜大棚。柳婷的妈妈竟也冲下路基，笨拙地跨越蓄水沟。两人在蔬菜大棚间奔跑，越跑越远，后来只能隐约听见柳婷的妈妈在背后喊："你们给我回来，你们这俩小兔崽子！"

两个年轻人一前一后地沿着田埂跑，柳婷见一个温室的门半开着，直接钻了进去。乔伟紧跟着。两人瞬间被眼前的景象吸引了，温室里油菜花开得正盛，浓绿之上满是金黄，璀璨耀眼。冬末季节，灰蒙蒙的世界突然出现这么一片宛若仙境的花海，柳婷和乔伟彼此交换了一个欣喜的眼神。虽然身后还有"追击"，但是此刻他们完全被一份孩子般的快乐淹没了。两个人扑哧笑了。柳婷忽闪着长长的睫毛，眼神羞涩地半垂下去，像一朵花含羞带怯地开放。乔伟突然有种晕眩的感觉，搞不清是周围的花香迷醉了自己，还是眼前的女孩让自己陶醉。柳婷别过头去，娇嗔地说："你又那样看我！"

"我哪样看你了？"乔伟也腼腆地红了脸。

柳婷没有回答，在田埂上坐下问："乔伟，你打算上哪个大学？"

"我没想好。你打算报哪儿？"乔伟在她旁边坐下。

"你报哪儿，我报哪儿。咱俩都就低不就高，谁也不许后悔。"柳婷像是在对天盟誓。

"谁后悔谁是小狗！"乔伟把孩提时的誓言搬了出来。

冬日的阳光透过玻璃把温室晒得暖暖的，油菜花经阳光照耀，显出亮丽明媚的色泽。那成片的黄色吸纳着阳光的色彩，把一个跃动着希望的幸福世界呈现给年轻的生命们。

“来，给你们加个小菜。”女老板把一盘水果捞摆到乔伟和柳婷面前。

乔伟和柳婷似从梦中醒来，22年前的2月18日，他们不顾一切地彼此约定今生永远在一起，以后的岁月他们相依相伴，不离不弃。可是两年前柳婷调到总部工作了，京津两地虽说不远，毕竟也是来去不便，柳婷一直想让乔伟去北京，调不走就辞职，最重要的是两个人能在一起。可乔伟始终没有答应。这件事搁在心头，多多少少让两人的感情有了点儿嫌隙。

第二章

转天早晨上班，乔伟先来到主任任志新的办公室，刁建利也在，两个人都一脸疲倦。任志新没开口，刁建利先抢着说：“我们晚上11点从家里赶到单位，忙活了一宿。2号装置开车不稳定，后半夜一小时分析一次，上一个样品还没分析完下一个又接上了。我和任主任在现场盯了整宿。”

任志新摆摆手，不让刁建利再说。“刁主任跟装置上比较熟悉，跟人家沟通协调了一下，有些不必要的分析项目就不做了。”

刁建利得意地笑着说：“您说现在办啥事不得混个脸熟？光说不练假把式，我们干生产技术的解决的都是实际问题，忽悠不了，书记你说是吧？”

明明是话里有话，说得还挺好听。乔伟一笑，装作没听懂。“你们忙，我有点儿事要办。”扭头走了。

乔伟回到办公室不久，任志新推门进来了。

“刁主任说的话你别往心里去。”57岁的任志新两鬓的头发都白了，本来55岁该退二线了，因为分析化验整合缺少经验丰富的老同志，部领导不让他走。他跟部领导承诺，一定帮着乔伟把质检一车间的整合工作做好。来车间就职前，刘连章书记专门找他谈过一次话，刘书记语重心长地说："自从党的十九大召开后，各单位从上到下都在加强党的领导，总公司对党建工作也有新思路，还下发了新指示，在企业内部开展'三基本'与'三基'工作融合互促，咱们就拿质检一车间当块试验田，你这个老同志配合乔伟这个年轻干部搞一搞。"任志新听了这番话面露难色。刘书记说："老任你放心，有什么事我顶着，我保你职业生涯的最后平平稳稳。"任志新解释说："刘书记，我哪是这个意思呀，我都一把年纪了，还有啥怕的。我是担心乔伟不懂生产技术，在车间里树不起威信。刁建利一直在车间负责生产技术工作，到时候说不定就把乔伟边缘化了。"刘书记笑道："你放心，乔伟虽然没干过化验，但他毕竟是学应用化学的，而且还进修了一个在职研究生，有基础，专业上我一点儿不担心。你主要帮我盯着点儿刁建利，我知道他想从副科升正科，可是心急了点儿，性子还得磨一磨。你和乔伟去了，他肯定要生事。"

"我哪有空儿咂摸刁主任的话，您知道我在想什么吗？"乔伟眼睛一眨，眼神瞟向桌子上的笔记本。

任志新凑过去看，乔伟举起本子说："我给您讲讲，通过这一个多月的了解，我对质检一车间问题的分析，还有自己一些不成熟的工作思路。"

任志新欣赏地看着眼前这个40岁的党支部书记，饶有兴趣地等着他讲下去。

原来，这一个多月时间，乔伟走遍了车间的角角落落，下班组找职工了解情况，一对一访谈了所有管理技术人员，然后对问题进行汇总分析，发现质检一车间存在的主要问题有三点：一是车间女职工占多数，且年龄偏大，学习新技能的动力不足，但是最近各班组退休人员增多，减员日益严重，工作亟待重新分配；二是管理技术人员高高在上，职工意见较大，而且管理技术人员年轻后备力量严重不足；三是有几个班组零散分布在各装置区，不便于管理，车间各班组分析方法差异较大，给整合工作造成了困难。要解决这些问题不是件容易事，但也迫在眉睫，否则分析化验整合就成了一句空谈，没有任何实际意义了。所以就在上周，乔伟通过车间领导班子会作出了一个决定，所有管理技术人员必须下班组。每天上午是化验室最忙碌的时候，管理技术人员按照各自负责的专业被分配到油品、水质、色谱和成品等班组，跟职工们一起干活儿，遇到疑难问题技术人员和班长一起来解决。拿管理技术人员先开刀，职工们也就没了攀比，找不到偷懒的理由了。

可是，这样做，管理技术人员的情绪很大。魏佳宜是几个技术人员里最年轻的一个，去年才评上助理师，好不容易脱离了班组，没想到好景不长又要回到班组干活儿，她的抵触心理可想而知。几位老技术员比较圆滑，再有三两年就退休了，犯不着与领导为敌，虽然有情绪但是都不表现出来，魏佳宜心里憋屈，又没有可以倾诉的人，这时候师兄刁建利就成了她的依靠。

刁建利跟魏佳宜是同一所大学的校友，魏佳宜上大一那年，刁建利已经读大四，俩人在一个学院，因为是东北老乡，魏佳宜进校不久就认识了刁建利。刁建利对魏佳宜非常关照，初到新环境，魏佳宜有事也喜欢找刁建利帮忙，两人很快就熟识起来。随着时间的推移，凭着女人的直觉，魏佳宜慢慢察觉刁建利对她有些“想法”，可是她对刁建利没有丝毫其他感情，于是她开始有意地疏远刁建利，大事小情也不再找他帮忙，想用这种无声的暗示让刁建利明白她的态度。但事与愿违，刁建利似乎完全没有读懂魏佳宜的冷淡，又或许是魏佳宜的冷淡成了刁建利的感情助推器，一个初夏的傍晚，刁建利把魏佳宜从宿舍喊出来表白说：“佳宜，我就要毕业了，可惜咱们相处的时间太短了，我真舍不得和你分开。”魏佳宜忽闪着长长的眼睫毛，清澈的眼眸里一副天真的神情，说：“师兄，我也舍不得你，你永远都是我的好师兄。”瞬间，刁建利呆立在原地，半天不知再说什么。转念一想，也好，一切都没戳破，既没有开始，也没有结束。刁建利把手插在裤兜里，莞尔一笑，和魏佳宜道别。

很多年后，魏佳宜回忆起和刁建利在学校里的最后一面，很为自己当时的机敏感到得意，因为几年后，她跟刁建利就又见面了，而且还在一栋楼、一个车间里工作。一年365天，除去节假日，俩人天天打头碰脸。此时，刁建利已经结婚，魏佳宜也有了男朋友。后来刁建利当上了副主任，对魏佳宜也时有关照，偶尔，两人会聊起学校的老师和同学，但始终回避那个初夏傍晚的谈话。

最近，刁建利找魏佳宜聊天有点儿密。自从乔伟和任志新调来后，两人似乎都受到了某种“威胁”，所以越来越无话不谈。刁建利说：“乔伟这么搞，早晚是要众叛亲离的。让一个不懂化验专业的人管理化验室简直就是一场灾难，整合纯粹是瞎胡闹。”魏佳宜用手搓着被“猪鼻子”压出深深印痕的脸蛋，点头认同刁建利的分析。刁建利说：“为了把车间搞好，咱们必须抵制这种错误的管理方式，绝不能让乔伟把车间搞乱套。”魏佳宜发现，关键时刻刁建利很有正义感和勇气，她使劲点点头，算是加入了“伸张正义”的阵营。只是魏佳宜想不到，她所谓的正义只是站在个人利益角度作出的主观定义，而不是基于对客观事实的冷静分析。

“你对车间现状分析得很透彻，那下一步你打算如何解决问题呢？”任志新带着点儿循循善诱的口吻。

乔伟从打印机里取出一张A4纸铺在桌子上，一边说一边用笔在上面画。“技术人员下班组已经开始了，下一步把能搬迁进化验楼的班组先都搬进来，分析方法相近的班组要进行业务整合和互学。”

“要是职工抵触，不学怎么办？”

“我想了，要提高职工学习积极性，光靠喊大口号不行，必须发挥绩效的激励作用。咱们可以把绩效分为几个档，搞技能评比，根据职工掌握技能的多少和熟练程度评定职工的绩效收人。按劳取酬，统一化验员薪酬的问题也就逐步解决了。”

“好！我支持。”任志新兴奋地拍了一掌桌子，“不过这个事动静很大，咱们得先跟刘书记和张经理请示。”

“还得经过车间支委会表决通过。”乔伟补充道。

两个人说得正热闹，乔伟的手机响了，2号装置中控班的秦班长说装置生活水停了，想要两箱矿泉水。乔伟说：“一会儿我给你们送去。”任志新不顾一宿没合眼，坚持要跟乔伟一起去，车间综合管理员方岚也和他俩一同前往。

2号装置中控班是车间最偏远的一个班组，几十年的老建筑，室内墙皮斑驳，整体环境就是三个字“老、破、旧”。前不久，科研奖励已经进了职工们的工资卡，每人五千元。事情出来后，部领导一边调整了质检一车间的领导班子，一边把2号装置中控班科研奖励的问题反映到了公司有关部门。经公司查证，发现以前公司年底发放的科研奖励的确包括分析化验人员的，去年因为分析化验整合，装置上报参与科研的人员名单时就没再上报分析化验人员，因此造成2号装置中控班职工的年终奖比装置工艺人员少。钱虽然找回来了，可是职工们对部和车间两级领导班子并不买账。乔伟和任志新从侧面了解到，职工们私下里议论说，该找就得找，找就对了，谁知道这钱是公司真的没给，还是部里扣着没发。乔伟跟任志新感慨：“真是好人难做，好事难办，以后一定要把工作尽力做周全。否则一旦职工对组织失去信任，咱连解释的机会都没有。”任志新呵呵笑着说：“我希望你别给自己那么大压力，否则以后的工作举步维艰。依我这么多年的经验，我觉得作为一名党员干部，只要处处为职工着想，为企业发展着想，做到问心无愧就好。至于别人是不是都能理解，咱不强求！”

“呦！书记、主任来啦？方姐你好。”一名女工端着电水壶在楼道里跟他们打招呼，声音大得不太正常，明摆着是给周围的人通风报信。不出所料，秦班长瞬间从实验室里迎出来，看见书记、主任一人抱着一箱水，伸出手不知该先接哪个。乔伟和任志新把水顺势撂在班组休息室门口，然后直奔实验室。

“今天上午工作量大吗？”乔伟问。

“还可以，工艺平稳了，白天两个小时分析一次，看今天夜里怎么样吧。”秦班长介绍着。

来到留样间，任志新一进门脚下就打了个出溜，乔伟手疾眼快一把扶住。一名女工正在里面干活，慌忙把防尘面罩往脸上戴。

乔伟和任志新低头仔细观察，用脚上的工作鞋在地上磨搓，发现地上有一层白色颗粒，颗粒极细，若不留意很难发现。秦班长赶紧跑到屋角拿了笤帚、簸箕来扫，一边扫一边解释：“早晨忙着分析样品，没来得及打扫。”

“这可是安全隐患啊，你作为班长不能忽视，一会儿我让安全员过来看看现场，做个安全提示。但安全提示并不能彻底解决问题，你和安全员一起想办法，要消除隐患，不能等有人滑倒了摔伤了再解决。”乔伟严肃地说。

“还有，这细小的颗粒物是会产生粉尘的，职工们在工作过程中必须戴好防尘面罩。”任志新提醒。

“我们都戴。”秦班长赶紧回应。几个人走出留样间，秦班长接着说：“有个事我们想反映一下。以前我们都是去工艺上打水喝，现在人家工艺不愿意让我们白白打水喝了，能不能给解决个桶装水，那样大家就方便了。”

“可以。”乔伟爽快地答应，“方姐，您回头给办理，看看一个月需要几桶。”方岚点头。

从2号装置中控班出来，平时勤勤恳恳从不多话的方岚说：“书记，主任，据我了解根本不是工艺不让他们打水，水是企业的，又不花工艺一分钱，他们明摆着是不愿出去打。”任志新惊讶地望向方岚。方岚继续说：“以前他们就提出来过要桶装水，车间没给买。”乔伟接过来说：“您就按我说的办吧，这都是小事，回头找部工会报账，我跟上面去说。咱也得替职工着想，半夜去工艺打水不方便，而且班组早晚是要往化验楼搬迁的，现在都是权宜之计。”

方岚点点头不再说话。在车间里，后勤生活都找方岚，她今年51岁，从年龄到工作态度都显出老大姐的风范。不过自从比她大6岁的任主任来了，方岚有时候也会耍一点儿小脾气。这些小脾气耍得倒是很可爱，而且多半是对一些不合理的事情直言不讳，以至于任志新经常逗她：“小方啊，有委屈跟我说，你的思想工作我来做。”但是，不管方岚对事情有什么个人看法，在行动上她始终服从领导，干起工作来兢兢业业。

因为工作的原因，方岚被同事们看成是跟领导靠得最近的人，上一任领导把车间整合工作搞得一团糟，方岚没少受夹板气，职工们对她阴阳怪气，把许多不满情绪发泄在她身上，去上面办事，也没少看脸子挨呵斥。一把年纪的方岚早就看清了职场真相，看透了，她也就淡然了，更能置身事外，心平气和。现在各方面的态度都好了很多，新领导在部里人缘不错，职工们没摸清路数前也不敢造次，方岚迎来了一段舒心的日子。

回到办公室，方岚赶紧着手办理桶装水的事，乔伟和任志新召集所有技术人员开会。

今天的会议只有一个主题，如何抓好安全生产。作为主抓生产技术的副主任，刁建利当然觉得自己最内行。他先发言，说得挺多，却没提出什么可行的办法。刁建利把以前的经验说了又说，显得自己见多识广、身经百战，化验室的工作离不开他。各位技术人员也都从自己的专业角度泛泛而谈，然后大家都望向了乔伟和任志新。任志新话说得很委婉："召开这次会议就是为了集思广益，为车间把脉会诊，然后对症治疗。听了大家说的，我个人很受启发。前几天部领导找我和书记去，特别强调安全问题，这是一条'死线'，是最关键的工作。刚才我们去2号装置中控班，发现存在一些安全隐患，职工的自我防护意识也很淡薄，这样下去是要出事的，所以我们有一些想法，跟大家商榷。"然后，他给乔伟递了个眼神。乔伟接过任志新的话："咱们在全车间开展一次查隐患促生产活动，发动全员查找工作中的安全隐患，刁主任主抓，时间暂定一个月。要求每个人至少要提出一条安全隐患，否则考核绩效。最后我们搞评比，进行物质奖励。大家看怎么样?”

乔伟一开口发言，刁建利就把头低下了。此时他抬起头，第一个发表意见。“书记的想法不错，”然后他话锋一转，“不过这种活动以前车间也搞过，效果嘛，也没看出来。”他瞟向魏佳宜。魏佳宜像受了电击，张口说道:“形式主义害死人，这么搞，恐怕班组职工没谁愿意参与。”其他技术人员也纷纷表态，有的模棱两可，有的随声附和刁建利和魏佳宜。

关键时刻，任志新大手一挥说:“我觉得查隐患活动可行，咱只要把活动搞得实，就不用担心流于形式，各位都是骨干，多数还是党员，要带头认真去查。”“哪有那么多隐患?挖地三尺也得有的挖呀。”刁建利撇着嘴说。此时，技术人员们看出了气氛的僵持，各怀心思不再说话。乔伟挺直腰板说道:“看来刁主任天天下班组亲力亲为，对环境太熟悉了，所以才不容易发现问题啊。我初来乍到，看啥都是新的，所以实在不好意思，看见的都是毛病。油品组硅分析仪的电源插座放在地上，还拉了几米的长线，大家干活天天练跨栏，你们觉得安全吗?职工们在操作间里打手机，你们觉得安全吗?咱们的采样电瓶车左侧转向灯不亮有多久了，你们谁知道?色谱组的采样工具是铜的还是铁的，防爆吗?”

乔伟一连串的发问把大家都镇住了，所有人都诧异地盯着他。刁建利尴尬无措。“查隐患活动，今天我先开个头。”乔伟最后说。

会散了，会场仍然鸦雀无声，所有人都悄悄地离开了会议室，大家隐约感到了新书记的厉害，年纪虽然不算大，但是思路清晰，件件事都说在了点子上。会后，安全员直奔班组，立即对乔伟提的隐患逐条确认并落实整改，转回头来找乔伟道歉，承认自己工作有惰性，不主动，表示一定认真开展查隐患活动。

会后，刁建利把自己关在办公室里很久不出来。会上被乔伟怼得无还手之力，刁建利觉得受到了莫大的羞辱，如果因此自己的形象在魏佳宜心目中受到了丝毫折损，他就更不能接受了。快下班时，他把魏佳宜叫到办公室，观察她的态度，一见那双圆溜溜的大眼睛，刁建利忍不住笑了。魏佳宜的眼睛藏不住一点心思，喜怒哀乐都从她的眼神里流泻出来。就像多年前那个初夏的傍晚，他从这双眼睛里明明读出了拒绝，却只能假装糊涂。他是多么喜欢这双眼睛，喜欢它的清澈、调皮，也着迷于它的神秘、狡黠。发现魏佳宜对他的态度没有变化，刁建利心理上获得了不小的安慰，他赞扬魏佳宜说："会上你敢于直言，真是女汉子，不简单！不过咱俩的力量太薄弱了，这样下去恐怕不行，以后工作会越来越多，越来越累。"魏佳宜听了师兄的表扬有点儿得意，远离家乡多年，她还保留着一些东北人的泼辣直爽。想想下班组就已经够辛苦了，以后的工作会更多更累，魏佳宜不高兴地噘起嘴来，抵触情绪更重了。刁建利启发她说："你现在不是天天在班组干活儿嘛，跟职工接触多，那就多争取群众呀。"魏佳宜恍然大悟，脸色旋即舒展开来。刁建利跟魏佳宜打包票，在分析化验专业里，他上上下下都吃得开，他始终把她当自己人，只要她好好干，绝对有上升空间。魏佳宜像抱住了一块宝，心里又踏实又温暖。看见刁建利办公室里有个挺大的空鱼缸，转天魏佳宜就买来几条颜色鲜艳的热带鱼，装好水，通上电，把鱼放了进去。

任志新惊喜于乔伟在会上的表现，佩服刘连章书记独具慧眼，乔伟的确有两下子。乔伟之所以撑得起场面，是因为背后下足了功夫，自从调到质检一车间，车间各处他都走遍了，任志新曾看见乔伟几次搭乘采样车跟职工去现场采样，跟职工们一样穿着厚厚的防静电棉袄，戴着安全帽和“猪鼻子”。没有实地的考察，没有切身的体会，绝不会有第一手的材料。乔伟是个实干家。

下午，任志新招呼乔伟和刁建利开了一个碰头会，就如何解决自然减员和工作量激增的矛盾这一问题展开讨论。今年每个班组都有人员退休，以后班组人员肯定是越来越少，按照上级对整合工作的安排，要逐步对公司所有的分析化验业务进行重整，部里对质检一车间的规划是，在现有原材料和产品分析的基础上，将公司所有的水质检测和油品分析划归质检一车间。为了实现化验业务整合的目标，首要就是解决人少活多的问题，可是这个问题似乎无解。

任志新稳坐办公椅，刁建利跷着二郎腿坐在沙发上，乔伟靠窗站着望向窗外。“不好办，现在职工们都叫苦不迭，岁数都不小了，干不动了。”刁建利一脸难色。

“不是解决不了。你们看镇海化验室，定员多少人？工作量又是多少？”乔伟转过身来说。

“咱跟镇海情况不同，人家一开始就那样干，咱们的职工这样干了半辈子，让他们改变作风，太难。”

“那就是没有办法喽?”任志新不紧不慢地问。

“还是有，”乔伟说，“采用新技术。”

任志新来了神儿，他在化验室干了一辈子，对传统分析化验工作很熟悉，新技术他也听说过，但总觉得离自己很远，没想过在自己的职业生涯里还能有技术上的革新，他期待地注视着乔伟。

乔伟快步走出任志新办公室，不一会儿拿着一份职代会报告回来了。他翻着报告说:“张经理在今年的职代会报告中专门提到了要加快‘机器代人’的步伐，怎么替代?当然是新仪器新技术呀，也就是说咱们传统的化验室要逐步被高科技的化验室取代。再看公司今年的职代会报告，建设‘世界一流环渤海炼化一体化产业基地’，拿什么去建设?科技呀!我们要时刻与大方向保持同频共振，抓住变革的机会，实现化验室的大改观。”

“书记，话好说，干可是另一回事。你说得也太远了，咱这个化验室老、破、旧，高科技化验室那不是痴人说梦吗?我从毕业就在化验室干，分析数据那是实打实的东西，不是吹吹就能出来的。”刁建利不屑地反驳。

任志新看向乔伟，乔伟从职代会报告里取出一张纸，递到刁建利面前。“刁主任，你对化验室工作这么熟悉，肯定知道近红外光谱技术吧?如果这项技术应用到分析化验上，可以大大缩短分析化验工作的时间，降低人员劳动量。”

刁建利接过那张纸。纸是复印件，上面有一台仪器的外观图，下面还有文字介绍。刁建利只看了一眼，表情立即变得尴尬起来，然后开口说：“这个我听说过，但是咱们的分析方法都是要符合企标或国标的，不能说改就改。”

“国标、企标也是人定的，随着科技的发展，要不断变更、不断修订，适应科技进步。按刁主任这么说，咱们只能用现有方法做分析工作，不是永远要故步自封了吗？那公司创新至强的口号，不是白提了？”

刁建利被乔伟怼得脸色极其难看，他没想到乔伟对化验室的新技术也有研究，而且说得头头是道，满情满理。上午的安全会已经让他很难看了，现在更是加重了他对乔伟的嫉恨。本来，按照他的设想，把赵主任和王书记挤对走了，自己可以顺理成章地提正科，当主任还是当书记都无所谓，先晋半个格，再说以后的。可是部里把任志新和乔伟派来了，对于任主任他很客气，毕竟是老同志，再有三年就退休了。巴结好他，或许能给自己在上面说句好话，把正主任的位子传给自己。对于乔伟，刁建利就没有那么宽厚了。乔伟跟他同龄，可早已经是正科了，而且此次来质检一车间，是领导亲自点的，明眼人都清楚是被委以重任。再看他呢？从参加工作起就在基层摸爬滚打，一步步往上走得很艰辛。论技术和资历，在质检一车间无出其右者，但他至今却还是个副科，得不到重用。刁建利心里不服气，这份不服气不能撒在领导身上，便转化为对乔伟的嫉妒和不满，所以处处跟他唱反调。

“好！其实张经理也跟我提过近红外技术，采用新仪器新技术是大势所趋，当然必须公司支持才行。这个事只限于咱们三个知道，先不外传。刁主任你去做个方案，如果应用近红外技术，咱们从哪个班组、哪些分析方法开始，必须提前思考，提前准备。”

任志新把话说得板上钉钉，又抬出了张经理，刁建利没法反驳，近红外技术推广工作便悄无声息地启动了。

正所谓，事以密成，语以泄败。近红外技术应用就是一件大事，先不能广泛宣传，要稳扎稳打地去做。

第三章

一周后，车间组织管理技术人员和班长召开查隐患专题会。会上安全员汇报了一周以来的隐患排查情况，全车间共查找隐患46条，落实了38条，有8条不能自行整改落实，已经上报有关部门。乔伟听了汇报直接发问："全车间85人，一共查了46条，说明还有差不多一半职工没参与。哪个班组报的隐患数量少？你跟我说说倒数前三名。"安全员支支吾吾，心里不想得罪人，可是已经被逼到了墙角，低着头不敢看人，继续汇报："油品组两条，色谱组两条，2号装置中控班3条。"

会议室里的气氛一下子紧张起来，三位班长偷眼瞟着对面的主任和书记，谁也不敢说话。"怎么解释？"乔伟把目光投向他们。秦班长打破沉默说："职工们都说找不出来隐患。""别的组呢？"任志新发问。另外两位班长互相看了一眼，油品组是位女班长，姓刘，开口说："职工们讨厌形式主义，以前咱们各种活动没少搞，什么标准化啊，突击队啊，清死角啊，但是见不到长期效果，所以大家都不愿意参与。""形式主义"四个字一出口，魏佳宜的身子抖了一下，她和刁建利的目光对接，两人心照不宣。色谱组班长姓张，跟着附和：“我们组的情况也差不多。”

乔伟和任志新轻声交流了几句，然后跟大家宣布，查隐患第一周，三个排名倒数的班组各扣200元绩效，从46条隐患里评选出5条，设立突出隐患奖，对排查人给予奖励。

领导动真格的了，技术人员和班长有点儿措手不及。魏佳宜也在被奖励之列，这是她没想到的，本来是想应付一下，可是现在跟班组职工没法解释了。怂恿油品组和色谱组的职工们不配合查隐患，她自己反倒得了突出隐患奖，这是多么滑稽呀！散了会，她赶紧往班组跑，观察职工们的反应。油品组和色谱组的职工都在仪器前忙着干活儿，谁也没注意她的到来。她转了一圈，觉得多一事不如少一事，不用忙着解释，大不了奖励发下来给大家买点零食吃，自己用不着过于紧张。

魏佳宜还没走，任志新、乔伟、刁建利一起走进色谱室，他们在实验台前站住，讨论着色谱仪的布置和摆设。听了一会儿，魏佳宜明白了，色谱室不知要从哪里搬仪器进来了。乔伟走到一台色谱仪前，在仪器上面的通风罩表面摸了一把，对魏佳宜说：“小魏，你看。”乔伟的食指和中指上沾着一层灰。魏佳宜的脸唰地红了。她负责车间的设备管理工作，可是连最基本的现场卫生都没做到位，乔伟不用说什么，只一个动作就打了她的脸。“小魏，半小时后你到我办公室来一趟，我有事跟你说。”乔伟的口气很温和，没有一点儿批评的意思。魏佳宜斜了一眼刁建利。刁建利面无表情，甚至干脆把目光投向了别处。魏佳宜心里有些忐忑。

走进书记办公室时，乔伟恰好撂了电话，他让魏佳宜在自己对面的椅子上坐下。魏佳宜谨慎就座，望着书记，等待下文。她心里对书记这个角色既有抵触又有畏惧，毕竟书记也是领导啊，虽然不管业务，手中的权力还是管用的。至于抵触嘛，是因为过去见多了只能说不会干的书记，让她多少对书记有点儿轻蔑。书记为什么突然找她？不会是发现了她在查隐患活动中发挥的负作用吧？书记问起来，她该怎么解释呢？想到这儿，魏佳宜坐不安稳了。

“小魏，我知道你当设备员的时间不长，现在技术工作和班组操作都要干，每天挺忙的。但是你年轻，有可塑性，所以车间得给你加码压担子。”乔伟笑盈盈的，像个大哥哥。

魏佳宜看着这个比自己大不了几岁的领导，心里说，敢情你也知道我们下班组忙啊。但是话始终没出口，因为刁建利教导过她，“你太直，这个脾气要改，不会说就少说，多看多听。”

“1号装置停车了，车间打算把1号装置中控班搬进楼里，人员、仪器设备都要进来，仪器设备方面的工作量不小。车间打算借着班组搬迁落实TPM工作，推行‘5S’现场管理，年内要打造一个公司级的‘5S’活动优秀班组。”

乔伟的胃口太大了，这一切可行吗？现实吗？魏佳宜顾不得想，她有点儿被乔伟的言辞打动了。原来乔伟找她来是谈设备管理工作，她那颗悬着的心总算落了地。

从乔伟办公室出来没一会儿，刁建利就打电话让她去。刁建利正在鱼缸前喂鱼，他把一撮鱼食撒进鱼缸里，看着鱼儿们竞相游到水面上啄食，拍拍手，问魏佳宜："你看，这几条鱼我养得不错吧？"魏佳宜走到鱼缸跟前，半开玩笑地说："嗯，我没看错，的确是养鱼能手。"刁建利竟露出一副孩子般的笑脸，说："小时候，我养过一条很漂亮的金鱼，那条鱼有一双鼓出来的大眼睛，还有一条像丝绸一样柔软光滑的长尾巴。我精心给它喂食换水，可没多久它还是死了。我难过了很长时间，后来琢磨明白了，这就是我和它的缘分。缘分到了，留也留不住。"说着，刁建利把自己陷在办公椅里，让魏佳宜也坐下，一边抠着自己的手指头，一边问："书记刚才找你干什么？"

魏佳宜一五一十地把乔伟跟她说的话告诉了刁建利。刁建利撩起眼皮，瘦削的脸慢慢阴沉下来。他在椅子里伸直了腰，愤愤地说："画大饼！纯粹是瞎忽悠，别听他那一套！'5S'有啥用？分析化验的关键是数据，数据出了问题，其他都是面子工程！"

魏佳宜觉得刁建利说得不无道理，分析化验要做到"三及时，五准确"，这是她来到化验室的第一天就接受的教育，这六个字都是为了一个目的——及时准确地报出分析数据。部职代会报告里也明确写着"出真数，出快数，出铁数"，与分析数据相比，其他都不值一提。

"那我们怎么办？"见刁建利咬牙切齿，魏佳宜有点不知所措。

“让他折腾，咱们看戏。”刁建利轻轻挥手，让魏佳宜离开。快下班了，屋里的光线不知什么时候暗了下来，魏佳宜发现刁建利的脸比窗外的天色还暗淡。

2号装置中控班的桶装水到位了，可其他班组的职工不干了。职工们认为领导偏心2号装置中控班，独独给他们喝矿泉水，其他班组喝的还都是自来水。厂里的自来水水质不好，各班组的电水壶没用多久就挂满厚厚的水垢，清理起来特别费事。一群女工聚在一起，议论纷纷。想想也是，闹走了上一任领导的班组，谁不怕呢？大家越说越不平，有脾气直爽的，就去跟方岚理论。方岚听了哭笑不得，拿出了车间工会申请安装净水器和加热炉的请示，告诉职工们：“咱们书记早就有打算，化验楼用不着买桶装水，以后每层楼都有净水器和加热炉，很快就到位。”

不久，净水器和加热炉安好了。化验楼里的饮水问题解决了，职工们喝上了干净的饮用水，脸上的表情都变得平和了许多，有的人还跟方岚说了几句热络话：“这净水器安得太及时了，这水质真不错，电水壶一点儿都不结水垢。”

可是随着1号装置中控班搬迁工作的推进，新的问题接踵而至。

车间的管理技术人员有间休息室，方岚和几位女技术员中午可以午睡一会儿，有的职工就给领导反映，觉得管理技术人员有特权。其实车间还有两间值班室，也可以用于午休。只是用的人多，有人占不上床位，心里就不平衡了。乔伟和任志新虽然一直想解决这个问题，但碍于不久前刚刚让技术人员下班组，动作不能搞得太密集。同时他们也想把两间值班室收回来，因为有人反映，夜间有的倒班职工脱岗到值班室睡觉。

1号装置中控班很快搬进了化验楼，班组的业务和人员都划归色谱组。搬迁没几天，1号装置中控班的女工们就集体做了一个决定，大家合资买了一张床，明目张胆地搬进了值班室。方岚负责后勤，看见一张还没安装的大床立在值班室，拧着眉头去班组询问情况。女工们觉得自己买床根本不算个事，而且她们自掏腰包，没让车间花钱，已经很通情达理了。方岚说："你们买床之前跟哪位领导说了？"女工们异口同声："跟刁主任说了，还是刁主任帮着搬进楼来的。"方岚立即跟主任和书记做了汇报。

任志新和乔伟反对职工们买床，他俩让刁建利去跟职工对话，既然是他答应的买床，退床当然也得他去跟职工说。刁建利觉得书记、主任未免有点儿小题大做，现在让他出面去解决，他干脆把责任往书记、主任身上推。职工们的反应可想而知，别的职工有床睡，为什么我们不能有？下午刚上班，1号装置中控班的女工就集体来找领导要说法，恰巧领导都不在，方岚在楼道里拦住了大家。

"我劝大家有什么事可以个别反映，不要集体找领导，这样影响不好。"方岚善意地劝说。

"站着说话不腰疼。你们有床休息，我们没有，我们从外面搬进来的就是'二等公民'，是吗？"一名女工说话很尖锐。

“当然不是。大家都是同事关系，没有高低贵贱之分，但你们是倒班岗位，是不允许配床睡觉的。”方岚解释道。

“我们倒班怎么了？你们在这个楼里待得时间长就有特权是吗？你真好意思说！我们就是实打实干活儿，配个床伸伸腰就犯法了？”女工们情绪激动。

方岚被噎得说不出话。这么多年，在化验室里工作，大家对她都挺尊重，她也尽力为职工们办事，努力让上上下下都满意，即便因为工作听到些闲话，也还都可以容忍。可是这些新搬进来的职工竟然这样说话，她气得整个身子都哆嗦了，脑门冒了一层汗，压抑已久的情绪一下子爆发出来。

方岚扭身哭着往办公室跑，委屈地喊着：“你们的事我不管了！我不干了，不伺候你们了！”

此时，部里正在召开新技术应用专题研讨会。乔伟、任志新和刁建利都在会场。公司顺利批准了近红外光谱技术在化验专业的应用，部领导异常兴奋，就采购仪器和确定分析项目召集各车间领导进行商议，研究下一步工作方案。

质检一车间是唯一一个带着计划参会的车间，会上任志新让刁建利介绍车间近红外技术的前期设想，刁建利侃侃而谈，算是风光了一把，似乎这个计划从一开始就是他要弄的。张经理赞扬质检一车间对上级精神和工作重点领会到位，建议在质检一车间开展近红外技术应用试点，做好机器替代人工的具体项目实施工作。刘连章书记表示赞同，指示说：“2号装置中控班夜间人少工作量大，你们把这个班组作为‘机代人’工作的重点，非常正确。”刁建利受到表扬，红光满面，表示一定不辱使命，把新技术应用好。其实，从2号装置中控班着手推进近红外技术应用是乔伟提出来的，任主任知道，张经理和刘书记也清楚。为了推进新技术应用，乔伟和任志新跟两位部领导沟通了多次，部领导又跟公司技术部领导汇报，恰巧公司技术部也在考虑新技术应用问题，他们很惊讶刚成立的分析化验部里有人了解近红外技术，而且不畏惧重重困难，愿意第一个去实践。因此，这项工作批示得很顺利，还得到了公司高层领导的大力支持。

三月，初春微寒的风里夹杂着丝丝暖意，化验楼旁的冬青吐出了嫩绿的新叶，黄嫩嫩的叶片像朵朵花蕾紧紧抱拥着。带着兴奋回到车间，三位领导的脸上都难掩喜色。走进化验楼时，他们迎面碰上去采样的魏佳宜。魏佳宜的眼神轻轻扫过三位领导，悄声说了句：“方姐哭了。”便提着采样筐匆匆地出了门。

三位领导直奔方岚的办公室。方岚早就不哭了，不过眼睛红肿，脸上还挂着忧伤。任志新故意逗她：“从我来到车间，这还是第一次看见小方哭鼻子，看来是受了大委屈，说说是谁欺负你了，我找他去！”方岚被任志新的话逗乐了，怕他真去找职工，赶紧拦着说：“别，主任，我没事了，大家伙儿也都是话赶话。”这就是方岚，人宽厚，不计较，领导欣赏她的也正是这一点，因此多年前就把她从班组调出来干综合管理。

“看来是该行动了。”乔伟说着跟任志新对了个眼神。任志新看了一眼方岚，似是在犹豫。

“还是我跟方姐说吧。”乔伟用手示意任志新不要说话，他继续说，“因为床铺的事，职工们意见很大，我们想把车间所有的床都拆除，这样才能解决眼下的矛盾。方姐，您以后中午也没床躺了。”

方岚站起来说：“原来你们早有打算呀？你们是担心我会不同意？放心吧，我绝对支持你们的决定。你们别为难，我带头拆床铺。”

方岚说干就干，带着几名男职工，一个多小时就把几间屋子的床都拆了。她先拆了自己的床，然后再拆别人的，拆完休息室的，再去拆值班室的，一边拆还一边跟大家做解释工作。乔伟和任志新来到车间两个多月，感受到的最大支持就来自综合管理员方岚。

不怕没好事，就怕相互咬。因为拆床的事，色谱组原有职工和新搬进来的1号装置中控班职工有了隔阂。明摆着，如果不是1号装置中控班的女工瞎闹腾，怎么会有拆床的事呢？于是，在日常工作中，大家开始分成两派，虽然年龄都差不多，但是彼此很难互融，新老职工开始顶牛。

拆床的第二天，魏佳宜在色谱室里忙着给仪器设备贴标识牌，摆放作业指导书。1号装置中控班的色谱仪都搬进了色谱室，从布线到安装调试，魏佳宜忙了多日。搬迁后，定置定位，规范化管理，工器具收纳，都得抓起来，乔伟把色谱室作为“5S”标杆班组，魏佳宜要按照“5S”标准一项项落实。正当她专注地摆放作业指导书时，刁建利绕过操作台靠近她，说：“买的床今天退货了。拆床的事大家怎么看?”魏佳宜冷不防被问住了，继续干手底下的活儿，假装没听见。刁建利望着操作台上的作业指导书问:“这个牌子是谁让做的?”魏佳宜告诉他是书记让做的，刁建利说:“要是让我做，我就做成横的。”实验室里很久没用冰醋酸了，可魏佳宜却闻到了一股酸味儿。她没接刁建利的话，作为成年人，她也有自己的判断力。这段时间在乔伟的指挥下，班组设备管理工作有很大的起色，她对乔伟的印象也在改变。就拿色谱组来说吧，以前采样器具在操作台上随处放，乔伟定做了一个三层的架子，现在所有采样器具都摆在架子上，整齐极了。色谱仪和通风罩经常积尘，乔伟要求职工每天早晨来到岗位先做卫生，还发动党员开展突击行动，色谱室的卫生死角全被清理干净了。再说实验台下面的抽屉，过去各种工具、实验器具堆在抽屉里，乱糟糟的，现在每个抽屉里都有漂亮的收纳盒，物品被分门别类地摆进去，又整齐又便于取用。至于刁建利说的“5S”活动都是面子工程，魏佳宜也不再认同。前不久，油品组分析数据出现了异常，魏佳宜和几名职工做了多遍实验，还复采了样品重新实验，可数据始终偏高，几个人都觉得蹊跷，忙活到午饭时间也没找出数据异常的原因。乔伟和任志新也来到了实验室。看了一会儿，乔伟问仪器多久没清洁了?是不是矩管不够干净?魏佳宜动手拆下矩管，发现里面的确油污严重，用洗涤剂仔细清洗，吹干，装回去，再做实验，数据竟然降下来了。这次数据异常事件让魏佳宜对乔伟刮目相看，她只知道他是某“211”大学化学专业毕业的，可是没想到他对设备也有研究。后来听其他车间的设备员说，乔伟还有一个在职研究生学历，是某大学的仪器自动化专业。这个书记，干了多年综合管理，原来是专业技术出身。保持仪器内外整洁，不是面子工程。分析数据的准确是人员、仪器、材料、方法、环境等多种因素共同作用的结果，哪个因素都不能忽视。

“近红外仪器今年就要来了，这可是个出成绩的活，到时候，我争取让你参与。”刁建利手撑着实验台对魏佳宜说。

魏佳宜笑着回应说：“反正新仪器来了，开箱检验、安装调试我都得负责，不参与也不行。”

刁建利不屑地说：“安装调试算个啥？后面的数据积累和分析方法建立才是关键。有了这项成绩，你以后在技术序列前途无量。我已经在部里做了汇报，部领导对近红外技术应用非常重视。”

魏佳宜心动了，刁建利对自己真不错，关键时刻总能想着她，有时候感觉还有点儿讨好她。毕竟两个人有过一段未开始的感情，看来这份感情永远模糊下去对他俩都好。仔细想想，为什么当初她会果断地拒绝刁建利呢？其实，主要是她不喜欢刁建利说话的声调。刁建利说话声音尖细，整个人显得浮躁、聒噪，让她感觉很不舒服，一辈子听这种声音，实在无法忍受。她更喜欢浑厚的男中音，充满磁性，踏实稳健。可是作为师兄、同事、领导，刁建利对她的好她不能视而不见，不便于跟其他同事说的事，刁建利会跟她说，不便于暴露的想法也会跟她讲，这是一份信任。人心都是肉长的，她怎么能不领情呢？对乔伟的态度虽然在转变，但是怎么能敌得过刁建利对她多年的好呢？

魏佳宜和刁建利正在色谱室聊着，方岚走进来，冲他俩笑笑算是打招呼，然后径直进了数据传输室。色谱室很大，100平方米的空间，实验台设计成U型，现在一共摆放着十几台仪器。没有样品分析的时候，分析人员都在对面的数据传输室里。传输室有八台电脑，与实验台上的仪器相连，样品进入色谱仪，色谱图会显示在电脑屏幕上。这间曾被誉为“现代化”的色谱室是上一任领导的业绩，曾经被大力宣传。但也就六七年的时间，这一切都不再是稀罕事，眼下近红外成为分析化验的前沿技术，科技的更迭实在太快！

方岚是来发放查隐患奖励的。色谱组一名女工获得了突出隐患奖，奖励是100元钱，不久将直接打进工资卡。女工在方岚拿来的奖励发放表上一边签字一边说：“这哪是我提的呀，是班长给报的，回头给大伙儿买好吃的。不过查隐患真不错，色谱室墙上的电源插座松了，我跟班长说了，这不，马上就给修好了。”其他女工也说：“以前我们不懂，现在才明白，原来好多事都可以作为隐患上报。隔壁实验室的墙面有一块儿总是湿的，这回一查才知道，是楼上的下水道渗水了，旁边还有电源插座，多危险！”

魏佳宜和刁建利被女工们七嘴八舌的热闹吸引，一前一后地走进数据传输室。方岚把发放表递给魏佳宜，让她签字，一名女工马上问：“你也得奖啦？”魏佳宜有点儿尴尬。另一名女工揶揄道：“这种形式主义的事你怎么也参与呢？是不是担心我们都参与，抢了你的奖啊！”屋子里一片哄笑。魏佳宜满脸通红，拿着方岚递过来的发放表，恨不得找个地缝钻进去。刁建利站出来打圆场说：“回头让小魏给你们买水果吃，别说100块钱，就是1000块钱小魏也不稀罕。”

快下班的时候，方岚在水房里碰见了魏佳宜。魏佳宜端着水杯在加热炉边接水，见了方岚打了声招呼，方岚正用拖布擦着地上的水渍。迟疑了片刻，看没有别人进来，她直起腰，双手抱着墩布把儿跟魏佳宜说话。

“小魏，你年轻，要认真干好自己的工作，工作之外的事最好别介入。我是觉得你善良，脾气直，才说这话，没别的意思，你自己掂量。”

方岚的话虽未明说，但俩人都知道所指何事。魏佳宜发现平时从不多话的方岚原来心里啥都有数，过去她还真低估了方岚的智慧。自以为做什么事都神不知鬼不觉，其实都在人家眼皮子底下！方岚知道的事，主任和书记会不会也知道？热水还没喝，魏佳宜的脑门儿已经冒出了汗。最近，她内心一直有两股力量在撕扯，让她很烦，一边是刁建利使劲拉她，另一边似乎也在无形中扯她，如今这另一边又多了个方岚，魏佳宜工作十多年，突然发觉职场有些复杂。

换个角度想想，其实方岚说这些话也是冒着风险的。如若魏佳宜把这些话告诉了刁建利，刁建利从此肯定对方岚有所忌惮，方岚弄不好就会引火烧身。从这一点上说，她对自己也算赤诚相见。可是这些人越对她好，魏佳宜内心就越无所适从，矛盾纠结。

人首先受情感支配，尤其是女人，往往只看到表层别人的好，却很难分辨哪些是真好，哪些是利诱，或者这两者本来就是搅在一起的，根本无法拆分。也许只有等到表层彻底被扯去，才能看清本质，以及所谓的人性。

第四章

柳婷在家里待了一周就返回了北京，乔伟又成了“孤家寡人”。晚上回到家看着柳婷留在梳妆台上的化妆品，晾在阳台上的睡衣，乔伟心里的温情仍在，只是寂寥一点点地爬了出来，在房间里悄然游走。

过去的一周，柳婷每天晚上都会做好晚饭，等着他回家。没调到北京的那些年，家里的晚饭基本上都是柳婷做，乔伟负责刷碗。两个人的日子虽然清净，却也充实。他们都是单位里的骨干，晚上经常还有加班的任务，写计划，做PPT，一人一部笔记本电脑，比着干。老家农村前几年都城镇化了，一片片高楼拔地而起，乔伟家和柳婷家都分了楼房，老人们每月都有养老金，生活过得富裕滋润，美中不足的是他们没有孩子。新婚不久，柳婷就因宫外孕做了手术，幸亏就医及时，捡回了一条命，但此后柳婷再也没有怀孕。从此柳婷的妈妈对乔伟的态度好了很多。小两口偶尔回去看看老人们，老人们嘘寒问暖，几近唠叨。但这样的唠叨只有出门在外的儿女，才能感受到其中蕴含的温暖。

他们以为从今往后日子就会这么平静地过下去，却没料到柳婷工作干得太出色，作为年轻的企管专家被调到了总部工作。这样的机会很难得，柳婷决定去北京。她和乔伟商量，自己先去看看情况，如果发展顺利，乔伟也去北京。可是，计划赶不上变化，自从分析化验部整合工作开始，乔伟在单位的工作越来越多，当了车间党支部书记后更是过上了以厂为家的日子。这次柳婷回来，乔伟明确跟柳婷表态，自己不能去北京发展。柳婷不太理解，一个基层车间有啥可留恋的，怎么就舍不得离开呢？

上周的一天晚上，他俩去逛超市，超市里人不多，一个八九岁的小男孩迎面跑来，一头撞进柳婷怀里，柳婷抱住了男孩的肩膀，担心他摔倒。男孩后面，刁建利快步跟上来，急躁地喊着：“你个兔崽子，给我慢点儿。”看见乔伟和柳婷，刁建利有点儿惊讶，目光在他俩脸上转了一圈儿，才说：“原来你俩是两口子啊！”乔伟介绍：“柳婷，我爱人。这是我们车间的刁建利主任。”柳婷说声你好。刁建利笑着说：“我认识你。以前你在公司企管的时候跟吴处长下基层，来过我们化验室。真没想到你俩是两口子，真没想到。喊阿姨。”刁建利命令他儿子。小孩子见了生人变得很有礼貌，让叫就叫。柳婷摸着男孩的头，眼里全是疼爱。

刁建利拉着孩子走了。柳婷仍不住地回头望着男孩。乔伟拽拽她的衣袖，若无其事地往前走。柳婷跟上去，紧紧地挽住了乔伟的胳膊……

洗漱完已经是半夜了，乔伟写了一晚上车间思想动态调研报告，眼睛早已酸疼得睁不开了。关灯躺下，他开始琢磨起柳婷看刁建利儿子时的眼神。

夜半，手机铃突然响起。来不及开灯，乔伟熟练地伸手向床头柜抓去。是色谱组当班女工钱丽打来的电话。她说："书记，我们今天活儿太多了！让我们两个人又采样又做样，实在干不过来。刚才给刁主任打电话，刁主任说必须得干。1号装置中控班的人什么时候能进班？他们班组的活儿转给我们了，可人到现在还不进班，你说合理吗？"

1号装置中控班和色谱组正在整合阶段，1号装置中控班的分析项目色谱组都有，色谱组的职工都会干，但是色谱组的一些分析项目1号装置中控班的职工从来都没干过，所以车间要对他们开展培训，通过考核才能让人员进班独立上岗操作。可是短时间内似乎做不到。而且，1号装置中控班的女工们学习的积极性明显不足，又跟色谱组女工因为床铺的事有了嫌隙，情况变得更复杂了。

乔伟坐起身，跟钱丽解释说："1号装置中控班的人员有些项目还不能独立操作，你们先别急。"

"不急行吗？活儿这么多，我们也都不年轻了。刁主任一说就是你们赶上了就得干，我们该死啊！"钱丽在电话里没好气地说。

乔伟安慰她别动气，让她先挂电话，他来协调解决今天的问题。

乔伟给刁建利打电话，好一会儿才接通。乔伟问他今天生产有没有异常情况，刁建利说没有，乔伟说："那为什么色谱组的活儿那么多？"刁建利答："装置上的事哪好说呀。"乔伟说："你现在问问钱丽，到底都有哪些活儿，是哪个装置的活儿，你跟装置沟通一下，不着急的工作明天八点以后再干，让钱丽抓紧干急活儿。"可是刁建利说："肯定都是急活儿。"乔伟说："那好，要都是急活儿，咱们现在都去单位，协助班组开展工作。"刁建利听了乔伟的话呵呵一笑，转口说："书记，别急，我先问问。你听我的信儿。"半个小时后，刁建利给乔伟回了电话，说在他的斡旋之下，两个装置同意把其中三个分析项目改为白班分析。

乔伟夸奖道："刁主任人缘太好了，你一人顶一连人。"其实，乔伟心里明白得很，刁建利又在给他出难题，本来刁建利可以跟装置协调好的事情，偏要往他这儿推。乔伟不挑明，撂下手机心里琢磨，怎么才能让这个刁副主任心归正途，合力工作呢？

第二天早晨，乔伟、任志新和刁建利一起参加了色谱组的交接班会，1号装置中控班的职工们也都在。职工们分成两排站在数据传输室里。任志新问钱丽夜班的工作情况，钱丽说："还好，幸亏给减了活儿。"刁建利说："剩下的活儿接班的职工早晨抓紧干，数据要及时报出去。"乔伟说："1号装置中控班的职工已经整合到色谱组了，以后就没有1号装置中控班了，都是色谱组的职工，大家要抓紧学习。两位班长和培训员一起做好督促和落实，按照培训计划，车间两周后进行上岗考试，考试不合格的考核绩效，希望大家都能顺利过关。”乔伟的话音还没落，1号装置中控班的女工们都低下了头。一名女工突然冒出一句：“我们岁数大了，身体不好，我们要命，不要钱。”其他女工也跟着附和：“对，我们要命，不要钱。”

瞬间，室内的气氛凝固了。任志新首先打破沉默，把话接过来：“我觉得这话大家说得严重了。企业能要了你们的命去？你们的岁数有我大？我说句大实话，过去咱们的工作量小，一天只干半天的活儿，可是化验整合后就不同了，一边学新技能，一边增加了工作量，大家一时间不能适应，这才是问题的根源。我得给大家交个底，过去的轻松日子肯定是一去不复返了，大家在这里干一天，就得踏踏实实学一天。你们总说自己老，其实哪个都比我年轻，我一脑袋头发没几根了都不服老，你们还没五十岁，怎么能说自己老呢？”

任志新这通半开玩笑半严肃的话缓和了气氛，女工们都抿着嘴笑了，可是态度仍然没变，仍然表示不想学习，扣钱随便。

班组交接班会就这样散了，可是问题并没有解决。三位领导一起来到任志新办公室，继续研究。刁建利说：“还是头一次见到这样的女工，连钱都不在乎了。”乔伟说：“我觉得这是一种要挟。如果我们信了、怕了，班组整合就推不动了，我们就按说的做，看看大家到底是不是真像说的那样不在乎钱。会得多，干得多，就奖得多，反之就扣得多。”任志新说：“谁家也没有多大的矿，我推测一扣钱准有人心疼，到时候就学了。”刁建利却有不同意见，他说：“要是女工们抱起团来怎么办？我觉得我们得想点儿法子。”他小眼珠子一转，盯住乔伟得意地笑起来。任志新问他什么法子，他说：“您瞧着吧，我做事有策略，不像有的人那么直白，整天让职工们牵着鼻子走。”乔伟给他打预防针说：“刁主任，工作上你无论做什么，一定要跟车间领导班子汇报。”刁建利挥挥手说：“我干什么都是为了工作，《三国演义》是我最爱看的书，《孙子兵法》我看过五六遍，咱们男人做事总有一些是只可意会不可言传的吧？”任志新看看刁建利，又瞧瞧乔伟，不置可否。

当天下午，乔伟和任志新去部里把班组整合遇到的瓶颈如实地跟刘书记和张经理做了汇报，两位领导的态度很明确，整合一定要按时间节点推进，但工作过程中一定要顾及职工的情绪。国企业务整合是大势所趋，要让职工理解并接受就要想方设法地激发职工对企业对工作的爱，要加强对职工的企业传统教育、企业历史教育，真心实意地为职工办实事，让职工有归属感，产生共情。人心都是肉长的，从情感下手，从职工的需求下手，相信没有解决不了的问题。两位领导的话一下子把乔伟的思路打开了，本来带着点儿气馁地去汇报，回来时又斗志昂扬了。

化验楼前的海棠开了，粉红的花瓣像蝴蝶的翅膀，在春风中轻颤，如梦似幻。阳光明媚，玻璃门光洁如镜。乔伟和任志新穿过海棠花海，推开门，走进楼里。

距离下班还有半小时，王晓光突然出现在乔伟办公室门口。门半开着，王晓光喊了声“书记”走了进来。自从大闹部例会后，王晓光就回到油品组工作，数据网络这块的工作不再上手。虽然前任领导的调离跟他有直接关系，但是他的职业生涯并没有受到影响。对他来说，闹等于白闹。当时若不是刁建利那番话，他不至于冲动地跑到部里。不过他并不怨恨刁建利，也不为前任领导的调离感到内疚，他觉得刁建利都是为他好，而前任领导是咎由自取。他不过是其中一个导火索罢了。

“书记，我想跟您聊聊油品组的工作。”王晓光站在乔伟办公桌对面说。

乔伟把目光从电脑屏幕移到王晓光身上，温和地说：“好啊，坐下说。”

王晓光坐在乔伟对面的沙发上，双手不自然地放在膝盖上，显得很拘谨。他清了清嗓子，开口说：“油品组现在成了化验楼里最脏乱差的班组，我心里不舒服。”

乔伟望着王晓光，眼神流露出笑意。自从调到质检一车间，乔伟没有主动找王晓光谈过心。他不是不关心王晓光，而是想先冷处理。因为多年职业生涯不顺利，王晓光对领导始终存着敌意和偏见，他想先做其他事，让王晓光看清楚他是个什么样的人再说。其实，乔伟就任两周后，王晓光就来找过他一次，当时王晓光满脸桀骜，说出来的话句句都像是质问，似乎乔伟欠了他祖上一大笔债，一副不依不饶的架势。乔伟明白，王晓光是把多年职业生涯的积怨都发泄在他这个新书记身上了。在王晓光眼里他就是个靶子，是王晓光内心深处的对立面。面对这么个人，乔伟没有服软，他直截了当地问王晓光："请问你现在的状况都要归罪给我这个刚到任的书记吗?"王晓光怔住了。他默默地坐在沙发上，双手抱着头，沉吟了很久，然后默默离去了。乔伟望着他的背影，心里暗忖，这个男人怀才不遇，又不知道如何表达，要慢慢来帮他。但帮他之前先得冷淡他一段时间，磨一磨他的桀骜之气，让他懂得人与人之间要互相尊重，有想法、有看法要学会做有效沟通。

"别的班组现在都在搞'5S'活动，色谱组改观最大，工作环境干净整齐。相比之下，油品组太脏太乱了。我们觉得领导也应该关注一下。"王晓光说话的时候两个手掌在膝盖上反复磨搓着。

"这件事你提得很好。油品组的脏乱跟班组工作性质有关，油类样品本来就不好清理，工作过程中如果有些洒漏，擦拭清理又不及时，时间长油垢就厚了。油品组落实'5S'有难度，班组里的职工们怎么看?"

"大家都私下议论，啥时候'5S'活动能在油品组开展一下，把环境收拾得干净点儿。"

"开展当然没问题，主要是大家得肯付出辛苦，工作之余齐动手。"

"反正干完活儿，大家闲着也是闲着。"

"那好，我让魏佳宜跟你们班长商量一下，看怎么开展

‘5S’活动，你就全权负责抓落实，我跟你们班长说。”

王晓光起身告辞，乔伟把他送到门口。王晓光的变化让乔伟欢喜非常，冷处理的效果正在显现。王晓光是个很有上进心的人，只是职场上一次次受挫，他心里憋屈，郁结了许多怨气。只要给他机会，让他发挥，他一定能彻底改变。

乔伟把王晓光来找他的事跟任志新说了，任志新呵呵笑着说：“这头蛮牛心里不舒服，乱撞头，泄了他的蛮劲，他就知道应该怎么做了。”乔伟说：“油品组的工作也该开展了，职工们的主动意愿出来了。”任志新不无担忧地说：“王晓光的问题有了解决办法，现在油品组还有两个人很难办。”乔伟问：“您说的是李爽和周宏波吧？”任志新点点头说：“现在的年轻人想法跟咱们差异太大了，让他们踏实下来干工作很难。我女儿就是一个例子，在上一家单位干着干着突然辞职了，说人家领导PUA她。我都不知道啥叫PUA，专门百度了一下才明白。快30岁了也不找对象，我们一说这事，她就说我和她妈是逼婚，现在自己在市区租了房子搬出去住了。你说家长都没办法，让咱们当领导的怎么管？”乔伟还是头一次听任志新说起家里的事，真是家家有本难念的经。他对任志新说：“咱们只能试着来，我比您年轻些，年轻人的工作我来做。”

油品组搞“5S”活动的消息不胫而走，成了化验楼的大新闻。好事的其他班组职工都来油品组的实验室看变化，可是变化还没看到，油品组的脏乱差倒是被所有人看到了。

“看这实验台，都擦不出来了，油都渗进去了。”“看这柜子门，黑乎乎的是什么油?”“哎哟，脚底下怎么这么黏啊，我被粘住了。”女工们嘻嘻哈哈地说笑着。王晓光气得脸都青了，呵斥道:“你们该干吗干吗去!”女工们继续嬉笑:“别光瞎干活儿，‘5S’是啥意思你们知道吗?”王晓光把抹布往钱丽面前一递说:“‘5S’谁不知道，整理、整顿、清扫、清洁、素养，不走就跟我们一块儿干!”最后一句话管了用，钱丽带头扭身走了，其他女工也都散了。

魏佳宜一边听着大家闹，一边帮着油品组刘班长把试剂柜里的东西收拾出来，准备擦拭试剂柜内部。两个上了年纪的女工正在收拾实验台抽屉里的实验器具。忙了一会儿，王晓光发现一直没看见李爽和周宏波。他问班长:“刘姐，咱们的两个小朋友去哪儿了?”刘班长也恍然发现少了人，和王晓光对了个眼神，放下抹布走出操作间。一会儿，像押犯人一样，刘班长把李爽和周宏波赶进了操作间。两个年轻人慢悠悠地戴上塑胶手套，一个拿笤帚，一个拿抹布，跟着干起了活儿。

刘班长凑到魏佳宜身边说:“这俩孩子又躲到休息室玩手机去了。推推动动，拨拨转转，这样混日子，什么时候是个头儿啊。”说着摇了摇头，叹了口气。“80后”的魏佳宜对“95后”的年轻人同样有很多不解，他们“80后”虽然责任心和吃苦耐劳比不上“70后”，但是上进心都挺强。作为独生子女虽然有个性，但是也愿意主动融入团队。可是“95后”别说责任心和吃苦精神，就连上进心都没了，躺平是他们的追求和行动。说来也是，“95后”从懂事起就使用互联网，家境也都不错，不需要像父辈一样白手起家。李爽的父母都是国企员工，还没退休，家里就她一个宝贝女儿，生活没有压力。周宏波家里光是房产就有几套，平时开着宝马上下班，让这样的孩子低头干活儿简直是天方夜谭。把这俩孩子放在最脏最累的油品组，上一任领导似乎是有意要历练他们，可是工作三年了，俩人一点儿变化都没有。

整个下午，魏佳宜都在协助油品组开展“5S”活动，感到口渴时才发觉时间已经不早了。她回到办公室一翻电脑，看见刁建利从公司内部网上给她发来消息：啥时有空来找我一趟。魏佳宜蹙了一下眉头。最近，她有意躲着刁建利，她也搞不清为什么，倒是刁建利频繁地联系她，这让她越来越感到厌烦。每次刁建利都跟她表达许多不满，释放很多负面情绪，还教她搞一些小动作，这让她想起一个词，阴暗。她喜欢阳光，不喜欢阴暗，她喜欢直来直去，不喜欢背后鼓捣事儿，经常被阴暗包围，心理是很容易扭曲的。

今天，魏佳宜打定主意不理会刁建利的招呼。喝了水，她去找乔伟汇报工作。

“书记，油品组的‘5S’工作进展得很顺利，物品、器具、仪器标识牌都好办，唯一的问题是油渍不好清除。王哥不怕辛苦，用钢丝球蘸着清洁剂一点点打磨，油渍都被清干净了。他从库房里找来好多张吸油棉，铺在容易洒油的地方，以后只要撤换脏了的吸油棉就行了。”最近魏佳宜在乔伟面前放松了很多，话说得很流畅。

“好！一间间屋子来，告诉刘班长和王晓光别着急，劳逸结合，组织职工们一起干。”听了汇报，乔伟很兴奋，“小魏，‘5S’工作你做得非常好，等油品组收拾得差不多了，咱们就开始准备申报公司‘5S’优秀班组的材料，下一步你的工作重点是看看哪个班组可以作为‘5S’典型推到公司层面。”

“好的，书记。”新任务到来得如此突然，魏佳宜倍感激动。打造公司“5S”优秀班组，魏佳宜做梦都没有想过，如果做成了可是分析化验部成立后的第一个，这是多么值得去干的事情啊。

俩人聊得正欢，突然有人敲门，他们同时把目光投向门口。乔伟嘴里的“请进”还未落音，门开了，刁建利站在门口，他抬手指着魏佳宜说：“我找你。”然后迈进了屋子。魏佳宜赶紧站起来，为故意无视刁建利在网上的招呼感到不安。刁建利在屋里转了一圈，跟乔伟寒暄几句，也没说什么正经事，伸手指着乔伟桌上摆着的文竹说：“佳宜，你看这盆花，枝子都黄了，怎么才能救过来？”魏佳宜尴尬地摇摇头，坦白承认说：“我不会养花。”刁建利紧接一句：“学学嘛，艺多不压身。”魏佳宜看一眼乔伟，乔伟不置可否，脸上挂着坦然的微笑。刚才屋子里还是一派轻松的氛围，转瞬空气变得滞重沉闷。魏佳宜用一种无辜的眼神望着乔伟，轻声说：“书记，没什么事我先走了。”乔伟点点头。刁建利也跟着走了出去。从乔伟办公室出来，他没跟魏佳宜再说什么，转身回了自己的办公室。

坐回到办公桌前，魏佳宜有些恍惚，春天的气息正从窗外一股股涌进，她想努力去感受，心却扑通通跳个不停，似有许多胆怯和惶恐。对于魏佳宜来说，她还没有能力完全屏蔽外界的干扰，37岁的她还年轻，对周遭的人、事、物仍然存着许多幻想和憧憬。这个春天给予她太多的惊喜，也给予她太多的羁绊。就像偶然落在头上的海棠花瓣，让她内心饱胀着甜甜的喜悦，充盈着无限的美好。只是一想到刁建利，她的心就会突然往下沉，那种下坠的力量把她牢牢地拴住，一时间，烦闷挤走了美好，不安淹没了喜悦。

第五章

色谱组整合后的上岗考试结束了，七名职工全部通过考核。成绩分析会上，任志新首先质疑考试结果。他认为培训员、技术人员和班长在考试中有放水行为，成绩的真实性很可疑。刁建利附和任志新的意见。乔伟表态说：“既然大家都过关了，那么从明天开始，原来1号装置中控班的职工就都进组倒班，充实色谱组倒班岗位人员。”刁建利反对说：“要是他们不会干怎么办？大半夜的谁能帮忙？”乔伟说：“大家不是都过关了吗？再说不会干，实操谁给他们考的谁就来帮着干！”一句话让会场的技术人员和两位班长都猛地抬起头，对上乔伟坚定的目光，又都低下了头。乔伟停了片刻说：“我想在座的各位没有谁不懂，糊弄领导和组织的事不能做，当老好人让车间受损，其实也变相地害了职工。干不了活儿，到时候难受的是职工本人。如果我们当领导的也跟着糊弄，睁一只眼闭一只眼，那企业怎么发展？整合工作如何推动？从我本心来讲，就做不了违心的事，我希望咱们车间上下，尤其是你们这些骨干也不要做。这次的考试成绩作废，你们重新制定考核标准，从明天开始重新考试。这回每个分析项目都要考实操，一项项通关，职工觉得自己哪项操作熟练就跟你们申请考哪项，月底全部考试过关的职工有奖励。”

重新考试的决定在色谱组炸开了锅。有的职工觉得领导在为难大伙儿，负面情绪很大，有人就跟刁建利发牢骚。刁建利借机释放了一个消息：这个月色谱组倒班女工的工资是按工作量分配的，甲班拿得最多。他这句模模糊糊的话引来了女工们的猜测，另外三个班的女工打开手机，彼此核对工资收入，发现她们之间的工资也有差别，一个班次两个人，其中一人要比另一个人多100块钱奖金。

色谱组的老职工内讧了。

少了100元的女工找完任志新又去找乔伟，申诉奖金分配不均，凭什么两个人干一个班次的活儿收入还不一样，她们要一个合理的解释。因为班组职工的奖金分配权在班长手里，任志新和乔伟就喊来班长询问。原来，自从王晓光不再管车间数据网络工作，刁建利就把车间每天的任务单派发和分析数据审核工作交给了色谱组，白天由色谱组的张班长负责，夜班由倒班职工负责。干这项工作的钱丽等四名倒班职工每人每月多加100块钱奖金。张班长说这个事刁主任知道。乔伟问：“你们这样做跟职工们说过吗?”张班长摇头。任志新生气地说：“这就不对了，钱的事一定要放在明处讲，有理有据，让职工服气。”张班长吞吞吐吐地说：“我是觉得多一事不如少一事，怕说了会影响职工的工作情绪。”乔伟说：“这下好了，职工不信任你了，对我们也有看法。回头车间组织班长开个会，规范一下奖金分配的事。以后你们怎么分必须让我和主任知道，这次的事情你要给职工一个明确的交代。”

色谱组原有职工内讧造成大家不再抱团，原来1号装置中控班的女工跟她们熟络起来，自称的“二等公民”看起了“一等公民”的热闹。“一等公民”干工作互相推责，比如来了活儿，原来1号装置中控班的职工主动要去干，就会有人说让挣钱多的干去，咱坐着。“二等公民”一下子享受到了“一等公民”的待遇，何乐不为呢？大家在一起时共同语言多了起来，真是应了一句老话，没有永远的情谊，只有永远的利益。

刁建利带着技术人员来色谱室给职工们考实操，钱丽把他拽到一边悄声问：“这些人什么时候进班？”刁建利用手指挠挠鼻子说：“你盼着他们进班？”钱丽说：“当然了，现在晚上两个人经常忙不开。”刁建利不怀好意地说：“他们进了班跟你们分奖金，你们也乐意？”钱丽翻翻白眼问是什么意思，刁建利用手比画着说：“锅就这么大，饭菜就这么多，你说给谁多吃，给谁少吃？你们还傻，盼着人家倒班！”钱丽似有所悟，用手拍拍自己的脑瓜子，悄悄走开了。

色谱组的情况更复杂了。刁建利对钱丽一个人说的话很快传遍了色谱室，也传到了任志新和乔伟耳朵里。张班长和原来1号装置中控班的班长一起来找他们诉苦。本来分成两派的职工现在都不知分成了多少派，每个人都揣着自己的小心思，各个都像一点就着的雷子，多一点儿活儿都不干，两个班长只好亲力亲为，工作太吃力了。

乔伟和任志新带着两位班长到色谱组开现场会。开会前乔伟宣布了一个决定，从下周一开始，色谱组张班长调到水质组任班长，专门负责水质组的班组管理工作，色谱组的工作由原来1号装置中控班班长一人负责。乔伟继续说：“今天我们走基层，你们都别闷着，有什么不清楚不明白的，我们现场解答，但是有一点，有些事大家要说清楚出处。”

没有人说话。一缕阳光透过窗户斜照进数据传输室，窗户开着，春风把柳絮吹到纱窗上，扑扑簌簌地抖着。

任志新见无人说话，率先打破沉默说：“既然大家不说，那我先问。最近大家极度关心个人收入问题，似乎跟起初说的要命不要钱相冲突，后来我想也不冲突，因为收入问题关系到公平公正，必须要计较。车间的奖金是部里按人数拨下来的，针对不同的岗位有不同的系数，倒班岗位高一些，白班低一些。原来1号装置中控班的职工拿的是倒班奖金，搬到楼里之后因为暂时上白班，所以奖金就少了。为什么催着大家抓紧考试呢？原因就在这里，重新上岗倒班大家的收入才会涨上去。”

乔伟说：“日常工作中，班长最了解大伙儿的工作量和工作态度，所以我们把一部分奖金分配权给了班长，谁干谁不干，班长心里最有数，我们支持班长奖优罚劣，大胆管理。”

听到这里，一名女工问：“他们上岗后，我们老色谱组职工的工资不会少吗？”任志新说：“当然不会。”女工冲着钱丽埋怨道："你看，跟你说的不一样。"钱丽瞪着一双凤眼辩解，说是刁主任说的，怎么是她说的？其他女工都七嘴八舌地说："我们就是听你说的嘛。"钱丽一跺脚说："我找刁主任来对质，你们领导说话都不一样，让我们信谁的？"

"信我的。"乔伟坚定地说，"我是党支部书记，车间的一切事情我负责。"

钱丽趴在桌子上嘤嘤地哭起来，她委屈地说："明明是刁主任说的嘛，弄得我里外上下不是人。我是那种背后挑唆事儿的人吗？"

任志新和乔伟让大家散会先去干活儿，把钱丽叫到会议室，又喊来方岚安慰她。钱丽委屈难平，白净的脸涨得通红，显然气得不轻，坐在会议室里跟方岚不断地哭诉。突然一个想法电光石火般地进入她的大脑。此时任志新和乔伟去部里开会了。

"方姐，刁主任这人不地道，他是在拿我当枪使。"话说出来，钱丽更坚定了自己的判断。

方岚赶紧安慰说："不想这些了，就让这事过去吧。"

"不行，再有几个月我就退休了，在一线兢兢业业地干了半辈子，不能就这么让人毁了我的人品。"钱丽较起真儿来。

"你想多了，你的人品我们都知道。直爽，善良。"

"可是现在大家都觉得我是挑事精，整个班组让我闹得都不得安生，我还成了打小报告的，连领导都下基层了。"说着，钱丽的眼圈又红了。

"别瞎说，我不信你会打小报告。你也快退休了，情绪会有起伏，千万别钻牛角尖儿。最近公司要组织一场女工健康知识讲座，我给你报名，去听听。”

任志新和乔伟从部里一回来，方岚就把钱丽的推测汇报给了他们。上午刁建利去给儿子开家长会，中午才到单位，下午三个领导开碰头会，完全证实了钱丽的想法。

刁建利得意地说：“现在1号装置中控班的职工要求考试的积极性高涨，两个班组的人开始互融，什么事情都得看效果，使点儿招法很快就达到目的了。”

乔伟对此非常不满，他说：“可是现在职工们在工资上彼此攀比，在工作上相互推责，消极怠工，要不是班长们来找我俩，这事还不会挑明。”

“消极怠工是暂时的，下个月奖金少了就傻眼了。”刁建利不屑地说。

“可是这样做的副作用你想过吗？”乔伟仍不放过。

刁建利疑惑地望着他，像望着外星人。

“钱丽现在已经意识到你利用她，如果她跟职工们说出事情的原委，到时候谁还会相信你？谁还会相信我们？我一直觉得与人赤诚相见是最好的沟通方式，大家都是成年人，只要我们真心对职工好，职工一定能感受到。至于那些旁门左道，我不赞成用。在这个世界上，谁比谁的智商低？也许职工们会因为我们手中的权力畏惧我们一时，但是我们在职工心里已经永远地失去了信誉，甚至被他们蔑视，你说这值吗？”

乔伟的话铿锵有力，任志新不禁拍案而起。

刁建利气得胸脯起起伏伏，抢白道："你光明大义，我阴暗小人，我还不都是为车间好？培训工作推不动，你毫无作为，还否定我的工作。"

乔伟扑哧笑了，说道："刁主任生什么气？咱们三个人开碰头会，我这个支部书记就得直来直去，对事不对人。"

刁建利发觉自己的情绪过了头，赶紧把笑容堆在脸上说："书记说得对，咱们三个必须有一说一，不能见外。"

刁建利在色谱组鼓捣事本来是想一箭双雕，一方面打乱班组内部平衡，促成班组整合，显出自己的能力，好跟部领导去邀功；另一方面则是给乔伟和任志新添乱。如果职工闹事上访，受责备的首先是乔伟这个书记。可是事与愿违，钱丽先看穿了刁建利的伎俩，紧接着职工们也都恍然大悟，从此色谱组职工对他这个副主任都是一副爱搭不理的样子。而任志新和乔伟也不赞成他的做法，两位领导的态度让他意识到，尽管他们现在对自己表面很客气，但自己正在被逐渐边缘化。现在，刁建利对乔伟不仅有嫉妒，还有了既生瑜何生亮的怨怼。

清明节过后，海棠败了，留下满地的落瓣。一阵风起，花瓣轻扬，就像粉色的浪花在海面翻卷。路边的紫槐接了海棠的班，一束束待放的花苞，在枝头摇曳，早开的几束像紫色的风铃，在春风穿过的枝头摆荡。

早晨一上班，质检一车间的党员们人手一副白线手套，拿着笤帚，拎着铁锨，聚在化验楼门前，红色的党旗随风飘扬，一场清整化验楼周边环境的党日活动开始了。女职工把海棠花瓣扫成堆，男职工用铁锨铲到旁边的花坛里，大家边干边逗。“我总算明白啥叫化作春泥更护花了。”“有没有点儿黛玉葬花的感觉？”清理完楼前，又清理楼后，一个冬天厚厚的积尘，干枯的野草、纸盒子、废铁皮都被党员们装进编织袋。乔伟带着大伙儿把楼后的自行车棚清理得干干净净，这是车间的死角，最容易被忽视，也最容易形成安全隐患，落叶荒草沉积多了容易发生危险。每月一次的党日活动，乔伟都会组织党员们来消除隐患。活儿干完了，每个人的额头都冒出一层细汗。乔伟扶着铁锨抬头望向天空，早晨的天空湛蓝，像涂了蓝色的油彩，望得时间久了让人有点儿微醺的感觉。他想起了人在北京的柳婷，不知道此刻她是不是也在望向天空，就像很多年前他俩坐在老家的田埂上，抬头望天的样子，如痴如醉，忘了过去，也不想未来。

小道消息就像看不见的病菌，缓缓滋生，悄悄蔓延，当人们发现的时候，病菌引起的病症已经显现。

最近各班组的女工不忙时经常坐在一起叽叽喳喳，眼神怪异，而且来了外人即止。不久，这些谣言就传到了方岚耳朵里。谣言是关于乔伟的，有人说柳婷能调到北京是因为某位领导帮忙，乔伟能升为科级也是沾了老婆的光。他们两口子到现在都没有小孩，是因为柳婷不想给乔伟生，据说柳婷跟某位领导关系不一般。方岚最烦女人们在背后捕风捉影，她把鸭蛋圆的脸一绷，气愤地反驳说：“虽然我不清楚书记两口子为啥没有小孩，但是书记能当科级领导绝对用不着老婆帮忙，凭他的学历和能力，你们觉得提科级用得着特殊关系吗？我提醒你们，别老拿人家没有孩子说事，弄不好是往人家伤口上撒盐，都积点儿德吧。”

女工们被方岚在情在理的话噎住了。钱丽说：“我觉得方姐分析得有理，刁主任净瞎分析，一个大男人比我们女同志还好事！”

方岚吃了一惊，怎么又是刁建利？她没有再随声附和，而是话题一转，向女工们宣布了一件事：车间正在筹建EAP室。看女工们各个疑惑不解，她跟大家解释。EAP室是借鉴国外企业经验对职工开展心理关怀的一种模式，简单说，在EAP室里可以喝茶、喝咖啡、读书、健身，可以做很多事。女工们瞪大了眼睛，有两个齐声问：“是上班时间吗？”方岚笑着说：“当然了，在不影响工作的前提下，夜班职工还可以轮流去EAP室休息。”女工们喜笑颜开：“还有这样的好事啊，不算睡岗？”方岚点点头说：“你们知道为什么拆床了吧？领导早就给你们想着呢。EAP室建设是今年公司工会‘我为群众办实事’中的一项，咱们车间是全公司第一个试点车间。”女工们迫不及待地问：“啥时候能建成？”方岚说：“今年肯定能建成。”

在企业领域，EAP是英文Employee Assistance Program的简称，翻译成中文叫“员工帮助计划”，它的作用是改善企业内部环境和氛围，解决员工心理和行为问题，提高工作绩效和生活质量。EAP室建设是乔伟跟部党委和公司工会争取来的，刘书记非常赞成建设EAP室，在他看来乔伟作为年轻干部就得有所创新，有所追求，思想和行动都要跟上时代和形势。公司工会很快就批复了经费申请，EAP室选址工作也已经完成，装修材料到位，方岚正在按照乔伟的设想申请购置室内设施和器械。平时，方岚跟职工们说话非常严谨，有时可以说是保守，按照现在的建设速度，预计EAP室八九月份就可以投用。作为公司首家，乔伟对此项工作非常用心，不放过任何细节。

单独跟刘书记和张经理汇报工作时，任志新对乔伟的工作能力给予高度评价。两位领导都很欣慰，毕竟乔伟是不可多得的两栖人才，人品端正，信仰坚定，无论是技术还是党务都拿得起来，值得交付重任。刘书记说："分析化验整合工作刚刚起步，后面的工作还很复杂，越深入问题会越多，我们党员干部要把握住一点，把心放正，多想职工所想。有句话叫'屁股决定思维'，我们的思维千万别被屁股决定，要坐在职工的位置上，从他们的角度多考虑，我们才不会办错事。"

张经理顺便问起了王晓光的情况，任志新汇报说："他在油品组干得不错，正忙着搞班组'5S'活动。油品组是车间工作环境最差的班组，现在实验台和实验柜都擦出来了，容易沾油渍的地方都铺上了吸油棉，这个办法是王晓光想出来的。对于他，我们领导班子是有点儿想法的。当然，还需要领导支持，毕竟他曾经……"

"你们觉得他行，就大胆使用，做到人尽其才。不过他的思想工作一定要先做到位，不要出现闪失，这个事我还得跟乔伟谈。"刘书记话说得很委婉，任志新听得出来，领导对王晓光多少还是存着些担忧。

任志新单独跟领导提起王晓光，是想先探探口风，如果领导不同意使用这个人，主意是他自己的，跟乔伟没有关系。可是听领导的意思并没有一口否决，于是他回来就把刘书记的话告诉了乔伟。乔伟明白刘书记说的闪失是指再次越级上访，毕竟王晓光有“前科”，在部领导眼里属于冲动型人格，容易做出过激行为。但是，乔伟对王晓光越来越有把握。这段时间王晓光的工作非常出色，不仅做事利落，思路也清晰，乔伟经常找他聊班组管理方面的话题，逐渐稀释他内心怀才不遇的情绪。王晓光的对立情绪没有了，脸上常挂着舒畅的笑容，性格从沉郁变得开朗起来，偶尔遇到方岚会开几句玩笑，看见方岚手里拎着比较重的东西，也会主动接过来。最近方岚去部里领办公用品，王晓光主动要求陪着去，两箱死沉的A4打印纸，他一个人就能扛上四楼材料库。这在以前是根本不可能的。

“五一”劳动节后，乔伟在质检一车间的周工作例会上宣布了一个决定，经车间支委会研究，报部党委批准，即日起任命王晓光担任油品组班长，接替即将退休的刘班长。

王晓光加入了车间骨干的行列，坐在椅子上，整个人精气神十足，像一道破晓的光。

第六章

色谱组的班组整合工作初见成效，职工们顺利上岗，人员充实到四个班次里，夜班职工的工作压力小了不少。不过这一切都是暂时的，随着人员逐渐达到退休年龄，减员是不可避免的，那时候势必还要有新举措。

2号装置中控班暂时无法搬进化验楼，主要原因是中控分析频次固定，而且分析工作很频繁，搬进化验楼离装置太远，采样成为难题。乔伟和任志新已经把情况向领导做了汇报，领导让他们暂时维持现状，待条件成熟再考虑搬迁。不过近红外光谱仪已经招标采购，解决班组工作量大的问题指日可待。

王晓光上任油品组班长，班组面貌焕然一新，脏活儿累活儿他带头干，李爽和周宏波玩手机的毛病也改善了很多。一次，周宏波把手机带进了操作间，并在等待仪器分析样品的间歇偷偷看，正好被采样回来的王晓光发现，王晓光让他把手机拿走，没有再多说别的。中午，周宏波收到王晓光发来的一段视频，一个人在厨房里边做饭边打手机，结果发生了爆炸，场面惊悚。

周宏波内心起了波澜，他不是不懂在特殊环境下使用手机可能造成的危险，只是他总觉得事故离自己很远。可是王晓光提醒他："论危险性，家里的厨房是不是比实验室安全多了？一个不小心还会爆炸，咱们这里分析的可都是油类等易燃化学品啊！"从此，周宏波再也没有把手机带进操作间。

最近，乔伟对李爽和周宏波关注较多，车间年轻人不多，这两个人最特殊。他们都有着光鲜的学历，却也是车间最不上进的职工。

一天下午，乔伟把李爽叫到办公室，跟她聊了一会儿个人爱好和对工作的感受。李爽坐在沙发上，乌黑的眸子闪着精光，笑起来唇红齿白，楚楚动人。李爽喜欢健身，而且已经健身五年了，难怪她的形体那么好。乔伟说："我从你身上看到了长期坚持的效果，等EAP室建起来，我让方姐组织个健身操活动小组，你来当队长。"李爽眼神闪亮，笑意更浓了。说到工作，李爽马上低下了头。乔伟故作疑惑地问："刚才兴高采烈，怎么现在又垂头丧气了？"李爽说："工作就是打工，没什么好说的。"乔伟立马接话："你要是这么认为，那每天上班不就跟上刑一样？太受罪了。"李爽被"上刑"两个字逗乐了，扑哧一笑说："没办法，一个人能干自己想干的事才叫幸福。可是我的父母不同意。"乔伟问她想干什么，李爽抿着嘴笑而不答。乔伟启发说："你告诉我，也许我能帮你实现。"李爽黑黝黝的眸子显出一丝犹豫，沉默了片刻，她抬头直视乔伟说："我想做网络直播，可是父母都不支持。"她似乎准备好了被乔伟奚落，紧张地咬住了下唇。但是乔伟没有。乔伟说:“好啊，你的形象没问题，年轻人就应该尝试新事物，去做新行业。”

乔伟的话让李爽找到了知音，这个年轻的姑娘开始跟书记掏心掏肺地说起来。原来，李爽小时候身体很弱，上大学时偶然尝试健身，感觉效果很好，就坚持了下来。最近几年网络直播很火，她想以健身为主题开个网络直播，但是遭到了父母的极力反对。李爽的父母都很传统，认为一个女孩子在网上伸胳膊动腿被围观影响不好。他们唯一的愿望是女儿有份稳定体面的工作，然后找个条件不错的男孩嫁了。在企业里，多年来化验室给人的印象就是干净舒服，适合女人待，因此李爽大学毕业后，就进了化验室。

“也许我可以帮你实现‘干自己想干的事’这一人生目标。”乔伟对李爽说。李爽望着乔伟，似信非信。

乔伟说:“车间恰好缺一个通讯员，我觉得你挺合适。部里和公司现在都有微信平台，你来制作微信，宣传咱们车间的好人好事。你看怎么样?”

李爽不明白乔伟说的通讯员跟网络直播有什么关系，乔伟看出了她的疑惑，说:“如果你相信我，就按我说的做。”李爽同意了。

年轻人上手就是快，一周后，李爽制作的第一篇报道就在分析化验部的微信公众号上发布了。职工们打开公众号争相阅读。这是一篇介绍车间“5S”活动的报道，李爽的审美不错，报道图文结合，画面布局合理美观。职工们看见自己的照片被传到了网上，又好奇又激动。钱丽把报道转发到亲朋好友群，群里突然就沸腾了，亲朋好友都夸她上镜，快50岁的人，面皮白嫩紧致，像40出头，又说她的工作技术含量很高，退了休也能找个企业化验室继续发挥余热，赚一份外快。在自己职业生涯接近尾声时能收获这么多赞美，钱丽心里美滋滋的。

最开心的还是李爽。从此，工作之余，她抱着手机一头扎进了秀米。作为微信的后台编辑器，秀米的功能很多，她要尽快全部熟悉掌握。不久，第二篇微信报道出来了。这篇是专门介绍色谱组班组整合情况的。为了做好这篇推文，李爽多次到色谱组找班长和职工们聊天，现场拍照，积累素材，很快跟色谱组的职工们都熟识起来。过去，李爽在班组里像个影子，很少说话，干完活就悄悄地躲进角落刷手机，如今李爽成了车间的“小名人”，每个班组都留下了她的身影。起初，乔伟亲自给她布置宣传工作的主题，慢慢地，她就自己试着寻找主题，每次想到的主题都很契合车间的工作重点。在油品组里干活儿，李爽也积极主动起来。作为年轻人，有活儿抢着干，看见实验室垃圾桶满了，她立马去倒，每天主动擦拭实验台、收拾实验器具。王晓光跟乔伟赞叹，这姑娘变化太大了！

一晃五月过半，化验楼两边的紫槐开败了，小小的紫花扑簌簌飘落，像一阵阵紫色的雨。楼前花坛里的月季花开了，红的黄的粉的，朵朵都水灵灵的。李爽感受着这绚丽的美好，年轻的生命燃起了丰沛的激情与活力。

乔伟刚刚给她派了新任务，是个系统工程，在她看来挺庞大，不过这恰恰激发了她的挑战欲。乔伟把她叫到办公室，先表扬了她最近的工作成绩，然后表示打算借助新媒体手段把车间的专业技术和技能科普一下。见李爽不解，他又具体解释：“比如各班组的仪器设备维护、分析操作方法，我们都可以用视频记录下来，然后发布到公司网站上，供大家学习参考。”李爽以为书记只是让她拍视频，乔伟却说：“不只是让你拍视频，你是总导演加主播，兼后期制作。虽然咱们不是做直播，但是每个操作视频要先对仪器设备和分析器具做介绍，然后再进行分析操作的全过程演示。主播负责介绍仪器设备和分析器具，班组里分析操作标准化程度高的职工进行分析操作演示。”

李爽被这个任务惊到了，知道书记真的在帮她实现“干自己想干的事”这一目标，她兴奋得差点儿从椅子上跳起来。可是马上她又平静下来，试探地问：“这么个系统工程我一个人干？”乔伟望着女孩子天真的模样解释说：“当然不是。我会布置技术人员按分析方法写脚本，让班长从班组选操作员，然后由你组织拍摄。”同时，乔伟告诉李爽，他从网上把手机录播架都买好了，这两天就到。

一切都变得不一样了，环境在变，人也在变。李爽的父母发现了女儿的变化，给任志新打来电话。他们和任志新一起感叹当下年轻人的叛逆和非主流，也承认自己思想跟不上时代，同时又羡慕孩子们活得自由。任志新感慨道：“这代孩子比咱们想得开，遵从本心，活出自我，让咱们羡慕啊！”李爽的父亲告诉任主任，他们两口子不再反对女儿做网络直播，他们想明白了，只要女儿快乐就行，当然前提是不做出格的事。

可是李爽现在哪有时间去做网络直播呀，她用心研究起了微视频制作，忙着背台词，介绍各种仪器设备，排练了一遍又一遍。这个美丽又倔强的姑娘，不但做事认真，而且标准极高，她要把最完美的视频展示给观众。

看到李爽的变化，乔伟打心眼儿里高兴。相比于李爽的工作顺利开展，周宏波的思想工作要难做得多。可是再硬的骨头也得啃，乔伟被一股责任感驱动着。

乔伟虽然跟周宏波谈过几次，但是效果都不好。周宏波没有什么特别的爱好，平时喜欢打打游戏，但不沉迷。他的家境殷实，父母的财产就足够他这辈子生活，所以工作显得可有可无。他不在乎钱，经常请假，乔伟问他请假去干什么，他的回答就一个字“玩”。有一次，乔伟跟他谈起人生价值的话题，周宏波说人生没有价值。乔伟说：“没看出来，你还是个虚无主义者啊！”周宏波反驳说：“我不是虚无主义者，我很享受当下。我只是对生命和宇宙的本质看得比一般人透彻，我们不过都是微尘而已。”乔伟顺着他的话反驳道：“但即便是一粒微尘，我们也要让自己擦出一点儿亮光，证明我们来过这个世界、这个宇宙。”

乔伟不相信，一个人，尤其是一个阅历不深的年轻人会没有思想上的突破口。他翻看了周宏波的个人档案，发现周宏波在高中时曾写过入党申请书，能在高中写入党申请书，说明这个孩子的上进心很强，那究竟是什么原因造成他现在的“躺平”

状态呢？

再次跟周宏波谈心，乔伟直言不讳地问他，高中时是出于什么想法写的入党申请书？周宏波的眼皮跳了一下，告诉乔伟那时候自己相信个人奋斗，相信人间的正义和美好。乔伟笑着反问："你的意思是现在不信了？"周宏波赶紧反驳："当然不是。"

这次谈心周宏波跟乔伟打开了心扉。

周宏波在18岁之前一直是个阳光积极的男孩子，从小学习很好，高中上的是当地的重点中学，父母每天早出晚归，辛勤工作，家庭条件和生活方式跟普通家庭没有区别。从小，父母就教育他要好好学习，诚实做人，他被父母塑造成一个有礼貌、乐观向上的小男子汉。如果不出意外，周宏波大学会报考军校，把保家卫国作为自己毕生的追求。可是，一切在高考结束后都变了。原本赞成他报考军校的父母，一反常态，坚决不同意。周宏波对父母态度的变化感到非常诧异，而后发生的事情更让周宏波难以置信。为了劝说周宏波放弃报考军校，父母跟他把家底抖了出来，原来他家根本不是什么普通工薪阶层，在全国不同的城市里，光房产就有几处。母亲对他苦口婆心地说："为了能让你好好学习，上个好大学，我们这些年瞒着你，现在你成人了，也该知道一切了。我们就你一个儿子，我们挣下的一切足够你享用，你该知足了。"

周宏波最终没能报考军校，而是听从了父母的安排。父母为了让他开心，大学阶段变着法子满足他的物质需求，可是周宏波却提不起多高的兴致。物质给人带来的满足实在有限，就像绽放的烟花，瞬间的美丽只在眼前制造出一种虚幻的感受，转眼就灰飞烟灭了。周宏波的大学成绩平平，父母让他学计算机专业，希望他本科毕业后到国外去读研读博，可是他不喜欢这个专业，大四毕业前参加了一场校招会，阴错阳差地走进了石化行业，成为一名化验员。

“他们骗我，这是我最接受不了的！他们相信穷养儿富养女的老话，可是他们低估了我的个人素质，我不是那种容易被物质冲昏头脑的人。”周宏波对乔伟说。

“那你今后打算怎么办？”乔伟问。

“还能怎么样，就这样混呗。这些年他们也让我试着参与生意上的事，那种虚伪，那些套路，我觉得很没意思。原来成年人的世界就是这个样子。”周宏波苦笑着说。

“成年人的世界当然不都是阳光明媚，但也不会总是阴暗见不得光。其实你周围的人，包括你父母跟你都没什么关系，这是你的人生，你有权坚持自己的价值观，并以这套价值观作为指引，走过自己的一生。”乔伟像个兄长，推心置腹地说。

乔伟的话充满哲理，在周宏波暗淡的人生路上投下一束光。他抬头望着乔伟，眼神充满欣喜和感激。这个年轻的生命，多年来像个溺水挣扎努力求生的绝望者，终于发现了一艘可以救命的航船，他要拼命地爬上去，脱离凶险的境遇。

周宏波的变化是微妙的，班长王晓光先看出来了。这个小伙子爱笑了，见人也主动打招呼了，过去总是佝偻着背，睡眼惺忪，像阳光下的倦猫，现在腰背挺直了，眼神清澈了，一米八的身高穿上蓝色的工作服显得英武极了。在班组里，他逐渐成了王晓光的得力助手，班组本来男职工就少，外出采石脑油的活儿十分辛苦，周宏波总是抢着去，这样一来给王晓光腾出了很多时间去搞班组管理。

七月，入伏后天气炎热。一天上午，周宏波外出去采石脑油样品。停车场一共停着三排油罐车，每排五辆，今天的样品是按车次采，也就是一车要采一瓶样品。气温高，周宏波戴着安全帽和“猪鼻子”，呼吸都困难，后背的汗水洇湿了工作服。正当他按顺序逐车采样时，一位司机拎着一瓶东西走过来，递给周宏波。这是一个去了塑料外包膜的矿泉水瓶，里面装着清澈的白色液体。周宏波没有接，瞟了一眼瓶子对司机说：“等排到您再说，别急。”司机大大咧咧地说：“等什么等，大热天的，我自己采的，你拿走得了，这样多好，都省事。”说着，就把矿泉水瓶往周宏波脚边的采样筐里放。周宏波急忙制止：“不行，我们有规定，必须咱们一起采。”司机有些恼怒，跟其他司机发起牢骚，其他司机不接茬，配合着周宏波继续采样。轮到那个司机的车采样了，周宏波督促他打开采样阀门，他支吾着不肯去开，周宏波旋即撇下他往下一辆车走去。司机无奈地喊住他，嘴里骂骂咧咧地去开采样阀门。一会儿一缕黄色的液体流了出来，旁边的司机提来铁皮桶接着。排放了有一会儿，液体仍是黄色的，没有任何清澈起来的迹象。周宏波看看司机的表情，司机换作一脸谄媚。他环视四周，见近处没有其他人，拍拍周宏波的肩膀说："哥们儿，就拿我给你的那瓶去检验吧，我们大热天拉一车油挣点钱不容易，放我一马吧。"周宏波严肃地拒绝："你车里的油看外观就不合格，我不可能帮你作假，分析假样品，放不合格的石脑油进厂，你想害死我呀！"司机从口袋里摸出两张红色的钞票，悄悄地往周宏波工作服口袋里塞。周宏波一把抓住他的手说："贿赂质检人员，你这样做是犯法的。"司机们都过来围观，远处的车场保安也注意到了他俩，觉得不太对劲儿，慢慢地凑过来。司机吓得撒腿往车头的方向跑，一头钻进驾驶室，不出来了。

周宏波逮到违法司机的消息一会儿就传遍了车间。车间领导立即汇报给部领导，部领导又向公司做了汇报。违法司机和他的车牌号被列入黑名单，永远不能再给公司运输石脑油了。公司对承揽石脑油运输业务的相关单位给予了警告，让他们拿出举措，规范司机职业行为。为了避免此类事件再次发生，部里为质检一车间油品组配备了一部采样记录仪。采样人员去现场采石脑油样品，必须佩戴并开启采样记录仪，全程录像。

部里对周宏波进行通报表扬，赞扬他是化验员中的先进典型，他不惧威胁，拒绝贿赂，坚持原则，是一名优秀的化验员。张经理在会上说："要是那车不合格的石脑油进了厂区储罐，后果不堪设想，工艺生产百分之百会受影响，弄不好还会造成装置停车、产品不合格等严重事故。"刘书记说得更形象："石脑油就好比咱吃下肚的粮食，吃了坏粮食不拉肚子才怪。"周宏波此举向全公司证明了分析化验工作的重要性，给分析化验部提了气，部领导决定奖励周宏波1000元。

车间通讯员李爽第一时间采访了周宏波，为他撰写了一篇通讯报道，在分析化验部的网站上刊登。她还制作了一篇秀米，在部里的微信公众号上发布，不久就被公司转载，帅气的小伙子一下子广为人知。从此，周宏波成了质检一车间青年职工中的先进典型。

周宏波以为自己只是做了该做的事，不料获得这么多关注和赞扬，小伙子还有点儿不好意思。钱，对他来说不重要；荣誉，也不是他看重的；价值，对他来说才是宝贵的。他找到了久违的感觉，那是他高中时代刚刚成型的价值观，那时，他想做一个正直无私的人，去报考军校，保家卫国。那时，他单纯而清澈，乐观而积极。从此，他把乔伟的话放在心里，不断地鼓舞自己。“坚持自己的价值观，并以这套价值观作为指引，走过自己的一生。”一道亮光照进心扉，从此前路豁朗。他找到了属于自己的道路，他要沿着这条路走下去。自身价值的兑现，让周宏波收获了莫大的幸福感。

任志新非常佩服乔伟做青年职工工作的能力，能改变李爽和周宏波这样的年轻人不是件容易的事，乔伟做到了。任志新对他说：“有时间你帮我做做我女儿的思想工作吧，我们两口子说什么她都不听，你们‘80后’跟他们年龄差距小，思想上能碰撞。我感觉自己跟女儿就是两条平行线，而且是往两个方向延伸的射线。”乔伟被他的比喻逗乐了，心想或许每个家庭的父母跟儿女的关系都差不多，父母对儿女用心良苦，儿女却觉得自己不被理解，要努力挣脱束缚。一代代一辈辈不过是一个个轮回，时间往前走，夸父用双脚奔跑逐日，后人则跨上骏马，随后又坐上马车，慢慢地，马车换成汽车，汽车换成飞机，可是世间人、事、物的本质却从未改变，正所谓日光之下无新事。其实，家长的烦恼很多时候是一种焦虑，因为对儿女的未来感到心里没底，才用没完没了的说教去释放。家长们希望儿女规避自己曾经掉过的坑，希望儿女一生平顺，快乐幸福。殊不知，人生哪有“快乐”二字？到了一定年龄，就会明白，人生应该追求的不是快乐，而是一种境界，这种境界用两个字概括，就是“放下”。

第七章

经过一个暑期的鏖战，质检一车间EAP室在九月底投用了。EAP室在化验楼的顶层，一共100平方米，被设计成两部分，一部分是休闲读书区，另一部分是健身娱乐区。休闲读书区有雅致的书架、漂亮的书桌和咖啡桌，这些引起了女职工们的兴趣。在这里可以读书、下棋、喝咖啡、聊天，还可以打开投影仪，开一场小型会议。健身娱乐区有按摩椅、跑步机、甩脂机，还有瑜伽垫、跳绳和各种球类。男职工们围住按摩椅和跑步机，商量着每天中午相约锻炼半小时。在EAP室建设过程中，乔伟带着车间的几名男职工自力更生，加班加点，不仅实现了EAP室的神速建成，还节省了建设成本。方岚里里外外地忙活儿，眼看着EAP室一天一个样儿，累也开心。

EAP室建成后，在这里组织的第一个活动是欢送退休职工。色谱组倒班职工钱丽10月退休，车间在国庆节前欢送她离岗回家。

方岚负责活动的组织，她从电脑里翻到一些老照片，又特意找李爽要了些钱丽的工作照以及钱丽与同事们在各种场合的合影，制作了一个温馨的PPT。车间的两位主要领导、色谱组全体和其他班组的部分职工参加了欢送活动。刁建利跟方岚说有事，没来参加。方岚先播放PPT，每放一张照片，大家都会发出一声感叹。“这张是2012年装置大检修，那时咱们真年轻啊！”“这是春节前大家聚餐，钱丽的衣服多漂亮！”“哎呀，这张是爬裂解塔检测受限空间。”钱丽的眼角湿润了。PPT勾起了职工们对往昔的回忆，大家想起了与钱丽共事的点点滴滴，赞扬钱丽性格直爽，干工作不计较，有大姐风范，祝福她退休后的生活充实幸福。钱丽使劲点头表示感谢，一度哽咽得说不出话来。方岚为大家磨了咖啡，大家边喝边叙谈，浓浓的咖啡香在EAP室里弥漫，就像每个人此刻的心情，充满了化不开的浓情。

钱丽对任志新和乔伟说：“车间越来越好，我真舍不得走啊！自从20岁走进这座化验楼，一直到今天，整整30年，对这里的感情不是几句话能说清的。”任志新安慰说：“你有空常回来，这里永远是你的家。”乔伟说：“我们也舍不得您啊！老大姐们慢慢都退休了，我们心里不是滋味，希望您常回来。”方岚拉住钱丽的手，不说什么只是笑，两个女人早在私下里把话都说过了，如今她们只需要用微笑去确认彼此曾经达成的共识。

魏佳宜也参加了钱丽的欢送会，对于年轻的她来说，退休是很遥远的事，所以没有那么多的感同身受，最大的不同是从此色谱室里少了一个熟悉的身影。钱丽的岗位已经调配了新人。色谱组的工作还是原来那些，职工们早晨到岗开交接班会，然后做卫生，等任务单，开启仪器设备，准备采样器具，大家有条不紊地忙着，没有谁提起钱丽、想起钱丽，钱丽彻底“消失”了。

钱丽的退休让魏佳宜体会到一种从未有过的虚空感，她感到害怕，开始怀疑自己所做的一切的意义和价值。这种感觉很难跟人说清，她开始担心自己是不是要走向抑郁。她千方百计地躲着刁建利，可是在一栋楼里工作哪能躲得开，何况刁建利还是领导。刁建利时不时找她询问“5S”工作的进展，一副关切的神情，然后跟她透露一些小道消息，显得跟她很亲密。前一阵子，近红外光谱仪到货了，魏佳宜组织人员开箱检验，整理设备资料，配合厂家技术人员进行设备安装，忙得连喝水的时间都没有，嘴角起了两个大泡。设备安装调试完成，进入数据积累阶段，她才算轻松了些。那天，她正在办公电脑前为李爽的下一个微视频编写仪器设备解说词，刁建利出现在门口，向她招手。她不得不放下工作跟着他去了办公室。

刁建利办公室的空调温度很低，魏佳宜冻得抱住双臂，咧着嘴站在办公桌前。刁建利身后的鱼缸里，几条热带鱼沉在水底，一动不动。刁建利让她坐，她摇头。刁建利问她近红外工作的进展，魏佳宜简短地跟他汇报。刁建利把双臂叠放在桌面上，低着头，一副似听非听的样子，接着又问：“主任和书记没让你参与数据积累吗？”她摇摇头。刁建利不悦地说：“我跟他俩说过多次，让你参与进来，以后作为一项业绩，晋职称可以加分，他俩就是不听！仪器验收和安装调试把你累得够呛，露脸的活儿却让别人干。”魏佳宜听出刁建利的话有挑拨的意味，可是这些话仍然让她心里不舒服。按刁建利的意思，自己干了一堆活儿，不过是在为别人做嫁衣。刁建利说：“咱得想想办法。”然后摆出一副故作沉思的样子接着说：“设备资料不是由你保管吗？你都收好了，别轻易拿出来，做数据积累的过程中仪器出现问题是常有的事，到时候资料没那么容易给他们。”

从刁建利办公室出来，魏佳宜浑身起了一层鸡皮疙瘩，不知道是不是因为屋里屋外的温差太大。刁建利似乎在为她打抱不平，她干了很多活儿，领导却不把关键工作交给她，总是偏心着别人。刁建利让她把设备资料藏起来，明摆着是给工作设置障碍，这样做她总觉得不好。之后的几天，她的心情极差。直到乔伟找她，心结才算打开。

那是8月末的一天，乔伟把魏佳宜叫到办公室，先询问近红外仪器运行是否正常，魏佳宜汇报说：“仪器暂时运行平稳。”乔伟看出她的情绪比较低落，关心地问她最近是不是工作太累了。魏佳宜笑笑没回答。乔伟越发感觉她的态度不对劲儿，前一阵子来他办公室，她话很密，也不拘谨，根本不是这副安静的样子。乔伟说：“本来有项工作想跟你商量，你要是太累，就先休息几天再说吧。”魏佳宜好奇起来，追问是什么工作。原来，车间跟部里申报色谱组参评公司“5S”优秀班组的事批下来了，下周公司相关领导要来检查验收。乔伟说：“如果检查验收通过，就在色谱组挂牌。这可是你这个设备员的工作成果啊！”

魏佳宜的心情由阴转晴，她跟乔伟表示，自己不休息，马上投入迎检工作。一动起来，负面情绪就没了，看来许多病都是闲出来的，魏佳宜自嘲。不管刁建利说的是真是假，她不再多想，自己掌控不了的事就任由它去，做到不计较才能活得轻松，过得开心。

验收工作很顺利，色谱组以98.5分的高分获得本次评比的第一名，优秀“5S”班组的牌子挂在了色谱组数据传输室的墙壁上。牌子是亚克力材质，金黄的底色，红色的字迹，魏佳宜拿手机拍了张照片存为资料。

在车间的周工作例会上，任志新专门表扬了魏佳宜：“作为车间设备员，不怕苦累，不计得失，哪个班组的仪器设备有问题就第一时间冲到哪里，‘5S’活动搞得有声有色。这‘5S’优秀班组的奖牌是颁给色谱组的，也是颁给小魏的。”渐渐地，魏佳宜明白了一个道理，工作没有重要和不重要之分，每个人都有自己的岗位，把自己职责范围内的工作干好，就会有收获。车间工作需要所有人的配合才能运转，没有谁为谁做嫁衣之说，就像齿轮的相互咬合。

魏佳宜打定主意再也不受刁建利的话语影响，她喜欢设备管理工作，虽然每天还要下班组，但是现在也习惯了，而且下班组干活儿很接地气，能跟职工打成一片，更有利于设备管理工作的开展。可是钱丽的退休让她对工作的意义产生了怀疑，甚至体会到了生命的虚空。她害怕自己就此抑郁，坠入一个无底的深渊。

闷在肚子里多日的情绪得不到缓解，魏佳宜想到了乔伟，她第一次主动来找书记谈心了。听了魏佳宜说不清道不明的诉说，乔伟反倒笑着帮她解释，就像掌握着读心术。魏佳宜终于找到了知音，兴奋得连连称是。在家里，她试着跟爱人沟通过这个问题，可是她爱人根本不当回事，还说她满脑子净瞎想，纯粹是闲的。魏佳宜有时感觉自己是被骗了，这个男人婚前婚后的反差太大，谈恋爱时的投缘和默契不知道有多少是为了迎合她而做的表演。乔伟说："我在大约10岁的时候就思考过跟你相同的问题，那年我姥爷去世了，生离死别对我触动很大，让我想到很多。我想告诉你，人世间的事你只需要做到一点，看轻，看透，不看破。"魏佳宜眼神里全是疑问。乔伟继续解释："把一切看轻，你就不会动心，心不乱，就不会受干扰；把一切看透，就能剥去面纱看到本质，有助于理性分析；不看破，是说别再往深处琢磨，琢磨太深，就什么都做不了了。"魏佳宜说："我现在就什么都做不了了，我是不是已经看破了？"乔伟摇摇头笑了，耐心地安慰她："你连看轻、看透还没做到，怎么可能就看破了呢？"魏佳宜困惑地望着他，乔伟继续说："《庄子·齐物论》里说，'众人役役，圣人愚芚，参万岁而一成纯'。意思是说，普通人驰逐是非之境，劳役不息，圣人安于浑然无知，糅杂古今万事万物以为混沌一团。是非、生死、来去，相互蕴含包裹。在浩瀚的宇宙中，我们本如微尘，认清这一点，就不会自高自大，不会把自己视为不可或缺的存在，我们把有限的生命活好，做该做的事，让自己活得如水一般清澈顺滑，不纠结，不挣扎，就是最好的生命状态。”魏佳宜点点头，她虽然不能完全听懂乔伟讲的道理，但是她很赞同乔伟说的“最好的生命状态”。是啊，人活着，不就图个开心嘛！成天内心那么多戏，太累了。从乔伟办公室出来，魏佳宜感觉轻松了一大截，回到办公室，坐到电脑前，很快就投入到工作中去了。

国庆节过后，秋天的意蕴一点点浓了。天空湛蓝清澈，几朵白云就像浪花在海面翻滚，不断变换着形状，神秘而富有诗意。化验楼周围的植物逐渐由绿转黄，一阵风起，枯叶打着旋儿飘坠下来，零零散散地落在楼前的空地上。质检一车间的会议室里，正在召开全体党员大会，本次会议有两个重要事项需要全体党员表决，一是发展王晓光为预备党员，二是发展周宏波和李爽为入党积极分子。党员们对发展王晓光为预备党员没有意见，对于发展的两个入党积极分子，却有不同的意见。党员们一一发言，个别党员对李爽的穿着有看法，认为她日常穿得太过时尚，露肚皮和露马甲线的衣服不应该穿到单位来，可以留着周末逛街穿。李爽诚恳地接受了建议。大家举手表决时一致通过发展她为积极分子。可是周宏波的情况就没那么顺利了。一名党员站起来尖锐地问：“未婚同居的人能入党吗？”乔伟和任志新都没料到会有这种问题出现。这名党员继续说：“我听说小周有个同居女友，如果真是这样，是否适合发展他为积极分子呢？希望咱们党支部搞清楚。”就这样，发展周宏波为入党积极分子的事没有通过。

会后，乔伟和任志新把周宏波留下，对情况做进一步的了解。周宏波满脸无辜地说:“我和女朋友在一起两年了，大家都知道，我没有故意隐瞒过。真没想到这个也算问题。”任志新略带责备的口吻感叹道:“工作这么多年，你这种情况我还是头一次遇到，你们这些年轻人啊!”乔伟说:“是我对小周的情况了解不够，新一代年轻人有新一代的问题，我需要跟刘书记汇报。”任志新奇怪地问:“小周，你和女朋友同居两年，为什么到现在还不结婚呢?”周宏波低下头沉吟片刻说:“主要是我不能确定自己在这里是不是能干下去，那时候，我想的是有机会就离开这里。”乔伟和任志新目光对视了一下，又望向周宏波。周宏波继续说:“因为我一直想去当兵，所以觉得不适合马上结婚。”

周宏波走了，任志新摇头笑着说:“现在的年轻人真是不得了，我是老了，接受不了。我回家得跟闺女好好聊聊，可不能背着我和她妈跟男孩子同居。”乔伟却说:“现在的年轻人根本就不会背着父母去同居，他们觉得这是光明正大顺理成章的事。”

乔伟把周宏波的私人生活问题向刘书记做了汇报，刘书记认为这是新时期面临的一个新问题，可以拿出来讨论，以便今后遇到同类问题时不再作难，于是决定召开一次党委扩大会，部里的各位领导和各车间支部书记都参加了会议。会上，大家争论得很激烈。乔伟认为，周宏波与女友感情稳定、专一，两人同居不属于乱搞男女关系，不能成为他发展为积极分子的障碍。有的车间书记却有不同的意见，认为按照乔伟的说法，如果未婚同居不算事，那么以后只要不结婚就可以随时换女友，党员的标准在哪里?最后，刘书记和张经理分别表态，周宏波是青年职工中的先进典型，如果周宏波和女友结婚，或者解除同居关系，可以发展他为入党积极分子；如果做不到，先不考虑发展的问题，毕竟他的私生活问题被摆到了桌面上。乔伟理解领导的意思，面对新问题，必须要谨慎处理，试水前行。会散了，有的支部书记单独跟乔伟沟通，他们说，其实各个车间现在都有青年职工未婚同居的情况，不住单身宿舍，和对象出去租房子，但是谁都没把这个当回事，没想到质检一车间的党员这么较真儿。

“双十二”那天，周宏波结婚了，还把家安在了石油城的生活区。他说这里生活方便、惬意，他和老婆都很喜欢这里简单的生活。歇完婚假回到单位，周宏波顺利地成为一名入党积极分子。

经过几个月的数据积累，近红外光谱仪替代人工分析的第一个实验方法建立起来了，使用传统分析方法16个小时才能完成的工作，近红外技术只需要5分钟。2号装置中控班的职工们尝到了新技术的甜头，期盼着近红外技术能够替代更多的传统工作，解放他们的双手。任志新感叹说：“如今科技发展得太快了，谁都想不到明天又会有什么新技术出现，而且还是颠覆性的。”

新仪器的应用带来的直接结果是职工的工作时间大大缩短，工作量降低。工作量低了，职工们的情绪就平稳了。随着越来越多的工作被仪器替代，2号装置中控班职工再没有因为夜班活多闹腾过。作为唯一一个留在化验楼外的班组，职工们希望尽快搬进化验楼，和其他同事们并肩工作。乔伟说：“公司已经研究决定购买无人采样车，如果无人采样车投用了，采样频次高的难题就能顺利解决，你们也就可以搬进楼里来了。不过无人采样车在国内还没有企业使用，咱们是首家，采样车来了之后调试是否顺利，还要看具体情况。”可是不管怎样，职工们对先进科技有了新的期待，对未来又燃起了新的希望。

新的一年悄无声息地来了。元旦过后第一天上班，乔伟把周宏波叫到办公室。车间打算让周宏波学习数据网络系统的管理，以后这块儿技术工作就由他负责。乔伟说：“现在车间这块儿工作没有专人负责，色谱组干这项工作的几名职工今年都要陆续退休，你是学计算机专业的，上手容易，跟王晓光好好请教，他干过，有经验。”见周宏波似有顾虑，乔伟又说：“今年车间安排王晓光考技师，他走技能序列一样有发展，你年轻，今后还是要转到技术序列上来。我已经跟王晓光说过了，他会尽力教你的。”周宏波使劲点点头回答：“我一定好好学习，把这项工作干好!”

一个人改变不了另一个人，但可以影响另一个人，只要能够唤起另一个人灵魂深处的需要。周宏波纳闷，书记怎么这么了解他的需要呢？乔伟却告诉周宏波，自己并不了解他需要什么，一个人自己都很难了解自己，何况他人呢？伟大的哲学家苏格拉底曾提出“认识你自己”。说明对苏格拉底这样的智者来说，自己也是最难被认识的，又何况普通人呢？如今网络发达，人人都拿着手机，要说了解，我们远不如大数据了解我们自己，你需要什么它就推送什么，就像掌握着读心术，如果你想更多地认识自己，不妨看看手机，看看手机每天在给你推送什么。时代日新月异，节奏变化越来越快，以后会更快，一个人不能永远被一个问题困扰，不能总是站在原地。从出生的那一刻起，时间就推着我们向前，我们身不由己。所以，不论是狂风暴雨，还是阳光普照，细细体会，欣然接纳，然后继续前行，这才是一个看清生命本质的人应该有的样子。

乔伟通过讲各种道理不断地去影响周宏波，稳定周宏波现在的思想状态。这个马上就满26周岁的小伙子已经长大了，就像办公室窗外那棵粗壮的法国梧桐，坚定而挺拔。

第八章

一晃到了春节，七天假期过得飞快，因为节前准备充分，假期各项工作进行平稳，大家都过了一个舒心年。

春节过后一上班，按照往年的惯例，先要清除年味。节前贴的福字、对联、吊钱一个也不能留。魏佳宜作为设备员对现场最在意，一大早，到了岗位换上工作服，她就跑到化验楼门口去揭“福”字。风很冷，一会儿手就冻木了，她把一只手放到嘴边哈着气，另一只手继续揭。对联贴得高，她搬来一把椅子，踩上去。从椅子上迈下来的时候，椅子腿儿和地面之间有点儿打滑，魏佳宜重心偏移，眼看要摔下来，突然一双大手抱住了她的肩膀。魏佳宜吓得一屁股坐在了椅子上，抬头望去，发现是乔伟帮了自己一把。乔伟关切地问：“没事吧？”魏佳宜摇摇头，大眼睛里除了惊慌，还有一丝羞怯。乔伟说：“还是让男职工来干吧。”正说着，同事们陆续都上班来了，周宏波和王晓光，还有几位男职工三下五除二就把门口的年味全部清除干净了。

新年启新篇，新的工作任务接踵而来。公司职代会、部职代会和车间职代会相继召开，给新一年的工作赋能定调。乔伟每天都忙得不可开交，一天晚上六点半，还在办公室加班写组织生活会材料，柳婷给他发来微信消息，责怪他不理人，问他怎么这么忙。乔伟这才发现柳婷前面给他发过两条简短的消息，告诉他过一段时间她要回来工作。这真是天大的好事。春节他俩一起回老家，柳婷跟他提起过，但是没想到这么快就实现了。乔伟所在的分公司有新项目要建设，据说已经批下来了。如果新项目开建，她打算找机会回天津。没想到柳婷刚回北京没多久，事情就定下来了。乔伟赶紧给她回复消息："夫人查岗查得好，以后我保证按时打卡。"柳婷发过来一个笑脸。她告诉乔伟，为配合能源转型，分公司将有大项目上马，总部领导觉得她对这边的情况很熟悉，所以让她回来配合工作，搞好前期调研和项目筹备。乔伟知道柳婷回来工作会比在北京辛苦很多。可是他了解柳婷，她从来不是个怕吃苦的人。而且柳婷说"以后我又可以每天给你做饭吃了"。乔伟被柳婷的这句话说得心里温暖无比。那个18岁时跟他在油菜花丛中海誓山盟的女孩，如今仍然那么朴实善良、善解人意，他要用后半生好好地呵护她。

各级职代会召开后，乔伟认真领会消化会议精神，和任志新一起思考新一年车间的工作重点，组织管理技术人员制定重点工作清单，分解责任，逐条落实。借着开职代会的机会，他俩专门跟刘书记和张经理进行了沟通，就刁建利在日常工作中处理问题的方式做了汇报，对新一年工作中存在的阻力表达了忧虑。两位领导明确表示，刁建利自作聪明的行为不可取，处理职工群众问题最怕的是失了人心，要格外小心谨慎。这次汇报，是乔伟和任志新提前商量好的，新一年的工作即将展开，而刁建利已经成了车间工作最大的阻力，只要乔伟想干的事，他准保唱反调，还在班组里挑拨职工的负面情绪，车间工作推进举步维艰。他俩琢磨来琢磨去，觉得必须先发制人，提前跟领导挑明问题，以免被刁建利恶人先告状。

乔伟和任志新跟领导汇报不久，刁建利也主动敲开刘书记办公室的门，汇报质检一车间的工作情况。刁建利善于察言观色，试探着说："车间今年的工作难度很大，需要刘书记指点迷津。"刘书记说："质检一车间的整合工作推进得不错，今年更为关键。你是车间元老，要配合主任、书记把工作开展好。"刁建利满口答应，然后不失时机地向书记告状，他说乔伟干工作太直接，没方法，没策略，不考虑职工的情绪，职工们私下里意见都很大。刘书记说："职工有情绪不要紧，整合过程中各种问题都有可能出现，这是必然。你要帮着乔伟化解职工情绪，把整合工作做好。"刁建利点头连连称是。刘书记继续说："新技术的应用情况决定了我们能否顺利推进整合工作，你是专门抓生产技术的，在这方面要多用力。"

刁建利满脸谦恭地从刘书记办公室出来，立马换上了一副怒不可遏的表情。今天的谈话，刘书记明显话锋不对，他没捞到一点儿便宜，尤其是最后那句"你是专门抓生产技术的，在这方面要多用力"，他琢磨了又琢磨，总感觉领导是一语双关，一股失意感弥漫全身，更觉得自己提职无望。

魏佳宜整天在各个班组里忙碌，每台仪器有无异常，现场环境是否落实了“5S”要求，她都要了解清楚，有问题及时沟通协调，督促整改。职代会开完后，乔伟又给她安排了一项新任务，为每台仪器建立一个微信二维码，贴在仪器机身上，职工拿手机一扫，就能看到仪器操作的视频讲解，便于开展日常培训。这些操作视频正是乔伟安排李爽拍摄制作的那些。刁建利在刘书记那里碰了一鼻子灰回来的当天下午，魏佳宜正在跟王晓光和李爽商量一台仪器的二维码贴在哪里美观的问题，刁建利给她打电话，让她到办公室来一趟。魏佳宜心里有些烦乱，但还是撂下工作，去找刁建利。

刁建利让魏佳宜坐下说话。魏佳宜见他拧着眉，两眉之间都挤出了“川”字纹，知道他的心情极其不好，便顺从地坐了下来。刁建利先跟魏佳宜聊了几句家常，问她春节假期怎么过的，回老家了没有。魏佳宜明白刁建利找她不是为了这些，就简单地应付了几句。果不其然，刁建利话锋一转，提起了车间的事，说近红外技术用得不好，推进速度慢，部里领导不满意，乔伟和任志新都挨了领导批评。他说：“不让咱们插手是他们气量小，格局不够大，乔伟就是最大的障碍。”魏佳宜听厌了刁建利指责乔伟，眼神里不由得流露出一丝不耐烦。

刁建利突然顿了一下，然后声音低沉下来说道：“佳宜，我一直都拿你当自己人，在你面前我毫无保留，我是空有一身本事无处使，你能理解吗？”

“你想做事，就跟书记、主任配合好啊，书记的工作思路很清晰，人也好……”魏佳宜话没说完，就突然停住了。她发现刁建利的脸变得青灰，从对方的眼睛里她读出了一股夹杂着疼痛的怒火，这疼痛如涟漪一般正从内心向外无限扩散。

“佳宜，你变了。你不说话眼睛也能泄露一切。”刁建利有气无力地说。魏佳宜曾多次听刁建利打趣过她的眼睛，“你呀，眼大一切都包不住”。她才知道自己是个没有秘密的人，各种情绪都瞒不过别人。身处职场，她虽然也曾试图隐藏，但性情使然，终究是徒劳。

“我不懂你的意思。”魏佳宜困惑地望着刁建利。

一刹那，似乎又回到了多年前那个初夏的傍晚，魏佳宜忽闪着一双大眼说“你永远都是我的好师兄”。如今，魏佳宜又是这么一脸懵懂，刁建利轻叹一声，望着眼前的师妹，不得不承认一个事实，他这个师兄的形象已逊色乔伟很多。

“我还是你的好师兄吗？”刁建利脱口问道。

“当然。”魏佳宜毫不犹豫地回答，“不过，我不想那么累，什么阴谋阳谋的，我觉得还是简单点儿好。”

“有一天我要是不在这里了，你会想起我吗？”刁建利又问。

“你去哪儿？”魏佳宜的大眼直盯着刁建利反问。

刁建利笑了，笑得讳莫如深。魏佳宜心里很不踏实，隐隐感觉有什么事情要发生。

魏佳宜走后，刁建利缓缓起身，走到鱼缸前，他两手攥紧拳头，迟疑了片刻，突然把手伸进鱼缸里，胡乱捞起惊慌失措的鱼，狠狠地摔在地上。望着鳞片闪亮的热带鱼扭动着身子，在地上张着大嘴喘气，刁建利的表情绝望凄苦。晋升的路暗淡无光，师妹也站到了乔伟一边，更可恨的是她对自己的变化还不自知。她既不知道自己感情的倾向，也不知道刁建利对她的介意，她不再欣赏他、需要他，甚至还嫌弃他，而他又无法直抒胸臆地跟她诉说，为什么会这样！曾经的意气风发，有多少纯粹是为了自己，而不是为了做给魏佳宜看？无疑，正是乔伟的到来夺走了他的一切。他抬起一只脚，狠狠地踩在残喘的热带鱼身上，心里默默地发狠说："既然你们逼我，干脆一不做二不休！"

"三八"妇女节到了，车间组织女工们开展了一场插花活动，乔伟出点子，方岚做具体工作。他们提前预订了各种鲜花，玫瑰、百合、芍药、向日葵，等等。活动在EAP室进行，当天，EAP室里一簇簇一扎扎，姹紫嫣红，花香馥郁。方岚全程主持，插好的花束可以捧回班组，女工们手捧花束拍照合影，笑得前仰后合。一场活动时间不长，可是背后的工作量很大。这次的插花活动，方岚提前多日就开始筹备，提申请，要经费，买东西，安排活动时间，布置活动场地等，虽然操心受累，但是看到姐妹们笑容灿烂，她就忘了疲惫，心里只剩下了两个字：满足。

"三八"妇女节傍晚，乔伟从微信公众号里看到了李爽做的车间插花活动的报道，美丽的鲜花，配上女工们喜悦的笑脸，每一张面孔都楚楚动人。一切向好，会越来越好，乔伟信心十足。晚上，他从微信给柳婷发了一个红包，特意写上“女神节快乐”，可是柳婷一直没收。乔伟以为柳婷在忙工作没看见，转天早晨，红包还是静静地躺在那里，他觉得有点儿奇怪，就把电话拨了过去。柳婷没接。

柳婷一直没回微信，也没打电话过来，这还是第一次。乔伟心里有点儿纷乱，不知道柳婷那边出了什么事，就又打了几次电话。一会儿，柳婷发来一条微信，她说：“我知道我不能给你生孩子，你心里一直有遗憾。”紧接着又发来一条：“你一直不来北京原来是另有原因，是我太傻。”柳婷这是话里有话。春节回家过年时两人还好好的，怎么突然柳婷的情绪变化这么大，乔伟被搞蒙了。

乔伟给柳婷打电话，对方还是不接，再看微信，柳婷发过来一张照片。照片上是两个人的侧影，一男一女，女人歪在男人怀里，男人的双手抱住了女人的肩膀。照片被处理过，背景很模糊，是他和魏佳宜。乔伟愤怒地把手机扔到床上，望着窗外清晨的阳光，瞬间他又平静了下来。他从床上抓起手机，给柳婷发微信，解释这张照片上的情况，然后问她照片是谁发给她的。柳婷不知道对方是谁，照片是通过邮箱发的。她把对方的邮箱地址发给了乔伟。乔伟告诉柳婷，他正在被人陷害，希望她保持冷静。柳婷没有回复消息。

转天早晨，乔伟直接到部里找刘连章书记。刘书记严肃地说：“你来得正巧，我正要找你。”乔伟把柳婷发给他的照片给刘书记看，并说明了当时的情况。刘书记说：“你刚去质检一车间时我提醒过你，我信得过你的人品，可是人心隔肚皮。其实我昨天傍晚也收到了这张照片，我一直在想，会是谁拍的呢?”俩人四目相对，似乎都有了答案，但谁也没有说破。两个人商量一番，决定先不采取任何行动，看看下一步对方会有什么动静。

回到车间，乔伟一副波澜不惊的样子，该干什么干什么，任志新和刁建利分别找他谈了一些工作上的事，他应对自如，然后在办公室的电脑前忙着处理事务。中午吃过饭，刁建利突然来找他。

乔伟请他坐下说话。刁建利满面堆笑地说:“近红外光谱仪最近不太好用，我想是不是应该联系厂家来看一看?”乔伟回答:“生产技术上的事你跟任主任商量就可以，需要我配合，我会积极配合。”刁建利又说:“魏佳宜最近情绪不好，跟我说你PUA她。”乔伟眼神一跳。刁建利慢悠悠地说:“书记，咱们都是男人，我劝你一句，‘兔子不吃窝边草’。”乔伟的眉头微微蹙了一下，拳头在办公桌下攥得死死的，但是面容依旧平和。刁建利试探着说:“我收到一张照片。”乔伟缓缓地把拳头伸开，把手拿到桌面上说:“刁主任，你说的我怎么都听不懂呢?”刁建利有点儿慌神，故作镇定，口气却略带急切地说:“你的问题我要跟部领导反映。”乔伟站起来双手撑住桌子对刁建利说:“刁主任，把你的手机拿出来吧，光明正大地录音。去年赵主任那段录音还没删吧?”刁建利的诡计被戳破了，他噌地站起来，结结巴巴地说:“你，你说什么？我，我跟你没法沟通。”然后仓皇地逃出了乔伟的办公室。

刁建利抓不到乔伟的破绽，一无所获而归。不仅如此，他还被乔伟识破了伎俩，就连质检一车间前任领导调离的内幕他也全知道，这让他又惧怕又气急败坏。乔伟的厉害之处是稳，藏得住事，忍得下委屈，深浅让对手摸不透，刁建利每一次尝试都没捞到便宜。

下午快下班的时候，楼道里突然传来了哭声。乔伟故意稳坐办公室不动，一会儿方岚急急忙忙地来敲他的门，报告说，魏佳宜跟刁建利吵起来了。乔伟这才跟着方岚走了出去。

楼道里站了不少人，刁建利办公室的门大敞着，魏佳宜横在门口边哭边诉，刁建利靠着办公桌站着，一双小眼睛躲躲闪闪。魏佳宜气愤地喊着："刁建利，亏你还是我师兄，你给我们泼脏水，你是人吗?"刁建利跟魏佳宜一反常态，没有了温和的师兄模样，惊慌失措却又故作镇定地回嘴说："你自己勾引别人，还来找我闹，跟我有什么关系?"魏佳宜说："照片就是你拍的，你别不承认！你成天给我洗脑，说别人坏话，你太缺德了。我告你去!"刁建利干脆耍起赖皮，说道："你血口喷人！你说是我拍的照片？我还要告你诬陷呢。"魏佳宜说："你敢打开手机相册吗?给大伙儿看看。"刁建利说："我凭什么给你看!"他的眼神有点儿慌乱。然后他把胳膊一挥说："你再闹，我可打110了，你们自己不清不白，却来跟我吵，谁能证明你们的清白!"

"我能!"方岚挺身站到门口，迎着刁建利的目光说。

"我也能。"任志新也站了出来。

事情发生了戏剧性的变化。李爽举着手机在全程录视频，其他职工则远远地站在楼道里观望，乔伟双手抱在胸前低头沉思。霎时，刁建利就像一头陷入重围的豹子，眼神里射出冷酷绝望的光，他拨开门口的人，猛地冲了出去。

真是聪明反被聪明误。刁建利把照片发给柳婷和刘书记后，本想等着看好戏，可是别说好戏，连个水花儿，不，连一点儿水纹都没出来，这让他很着急。于是，他又直接去找乔伟，开启手机录音，用话语引诱乔伟掉坑，可是乔伟戳破了他的诡计，让他没有获得半点有价值的东西。他左思右想，最后干脆以匿名的形式把照片发给了魏佳宜，一方面是让魏佳宜把事闹出来，给乔伟难堪；另一方面则是为了宣泄自己心头的醋意。可是魏佳宜一看照片就知道是他拍的，因为全车间只有刁建利的手机拍出的照片左下角带一个特殊水印，魏佳宜曾让刁建利帮忙拍过很多“5S”现场管理的照片，所以她一眼就发现了。百密一疏，刁建利处理照片时竟然忘记把水印处理掉！心里装不住事的魏佳宜真的把事情闹了出来，可完全没有按照刁建利预设的方向发展，倒把他自己弄了个灰头土脸。

照片事件让魏佳宜看清了刁建利的人品。过去无论她多么厌烦刁建利，心里还是会想着师兄对自己的关心和照顾，在感情和立场上纠结于刁建利和乔伟之间。如今她的心彻底凉了。在她看来，刁建利的关心和照顾不过是一层伪饰，把她作为棋子利用，对付乔伟，才是刁建利的目的。而当她不想做这枚棋子的时候，刁建利就变了一副态度，赤裸裸地狰狞起来。

魏佳宜把刁建利带给自己的伤害向乔伟诉说，乔伟说：“我理解你的感受，与人相处你很重感情，不承想对方却伤害了你。但是我认为你不应该用个例来看待全部，比如我们是因为工作关系彼此认识的，在工作中大家互相合作，为了实现同一个目标一起努力，在这个过程中，我们大家建立起手足一样的亲情，这种感情是真实的，也是我们都应该珍惜的。”魏佳宜默默点头接受乔伟的看法，心想：“这才是真正的师兄啊。”

刁建利请了年假，再也没来上班，半个月后，传来了他调离的消息。刁建利为人八面玲珑，据说这些年借着工作关系跟地方一家企业的领导混得很熟，调到那边去当一个部门的科长，也算是提职晋级了。方岚帮他办理各种手续，去找任志新签字时，两人不免有许多感慨。方岚说：“主任，我活这么大岁数，头一回当着这么多人说谎，那天实在是没辙了。”任志新说：“你那不叫说谎，叫面对邪恶挺身而出。要不是你先站出来，我都想不到这招反制，你真聪明。”任主任的赞扬让方岚很欣慰，她说：“希望刁主任到了新单位能吸取在这里的教训，踏实工作，好好做人。”任志新歪着头略带调侃地问：“小方，你在家里告诉你家那位解完小便把马桶盖儿扣上，二十多年了，到现在他扣了吗？”方岚一时没懂他的意思，疑惑了片刻，恍然大悟，笑着说道：“你是说老毛病难改啊。”任志新也笑起来，夸奖道：“你真聪明，不过不是难改，是改不了。”方岚咂咂舌头：“那他在新单位还是难立身。”任志新摆摆手说：“网上有句话，好像是一个作家说的，‘不是所有的鱼都生活在同一片海里。’他会找到属于他的海。”方岚无奈地摇头叹息。

周末，刘连章书记约任志新到家里坐坐，两位奔六的老同志一边品着茶，一边观赏刘书记养的一大盆蟹爪兰。早春季节，北方的暖气还没停供，室外春寒料峭，屋子里温暖宜人。蟹爪兰开得正盛，碧绿的枝子垂下来，一朵朵桃红色的花像一只只千纸鹤，在枝头展翅欲飞。

刘书记感慨道："咱俩今年都是57岁，'60后'一晃就要谢幕了，'70后'现在也50岁了，意气风发的年纪过去了，日子真快，以后就看'80后''90后'的了。"任志新补充说："还有'00后'！"两人笑着端起茶。刘书记调侃道："谁说我们老？你服老吗？"任志新说："当然不服，可不服又不行啊。"

岁月匆匆，转眼老骥伏枥，壮士暮年。

刘书记告诉任志新，公司马上要上大项目，要有大发展。他说："我们现在所处的地理环境已经限制了企业的发展。工厂紧邻生活区，方便是方便，但是不符合安全和环保要求。党的十九大召开后，国家成立了生态环境部，对环保治理抓得越来越严格，'绿水青山就是金山银山'的理念深入人心，从制度建设到百姓意识都在不断提升，国企必须走在前头，配合能源转型，做出相应改变。据说新项目选址已经批下来了，那将是一片非常广阔的土地，总部给分公司的定位很高，要建设世界一流的环渤海炼化一体化基地。"

说起企业的未来，两位老同志都情绪激动，热血沸腾，恨不得重新年轻一回，赤膊上阵再搏一把。此时，窗外飘起了雪花，这是一场太阳雪，鹅毛样的雪花在阳光里飞舞，像春日的柳絮，迷乱着人的眼睛，地上落了一层薄薄的白雪，一会儿又不见了踪影。两个人伫立在窗前，望着窗外纷飞的雪花，似乎又回到了青春飞扬的年代。

第九章

柳婷回来了，她代表总部企管来调研，同时要到新项目选址地去考察，会在这边待很长一段时间。老婆归来，最开心的是乔伟，每天晚上下班回家不再是冷冷清清一个人，柴米油盐的生活多么有味道，一个人吃不出滋味的饭菜两个人吃味道浓郁，哪怕是炒个醋熘土豆丝都是那么爽口爽心。柳婷只要不加班一定准时回家给乔伟做晚饭，农村女孩的质朴善良在她身上一点儿没丢。她不爱戴首饰，虽然会用一些化妆品，但从来不化浓妆，也不喷气味浓郁的香水，乔伟喜欢她身上特有的那股奶香味，那是从肌肤里散发出来的纯天然的气息，能唤起他对过往光阴的许多美好回忆。

一个人到了一定年龄一定要安稳下来，人生的不同阶段有不同的事情要做，比如18岁要谈恋爱，二十几岁要结婚，40岁人生不惑，就不要再折腾感情，而是要干些有意义的事情，不断提升自己的生命质量。乔伟把这些感悟跟柳婷分享，柳婷深以为然。她认为亲情、爱情、友情，这些人类美好的情感，不能成为一张网，将生命困住，而是要成为一个能量场，能够让生命从中持续汲取所需的能量，不断向更好迈进。两个人的理念如此契合，就像经过万般打磨的一对钻石，嵌在同一件珠宝上，相得益彰，闪动着完美一致的色泽。

惊蛰过后，冻土融化，春意点点渐浓，蛰伏的生命开始悄悄地钻出泥土，呼吸春天的空气，晾晒潮湿的身体。化验楼旁的冬青慢慢返绿，原本灰青的叶子鲜亮如水洗，枝丫上钻出了黄绿色的嫩芽。楼外春色宁静，楼里依旧繁忙。样品进进出出，仪器微微蜂鸣，人们手脚不停。无人采样车的申请已经批下来了，速度快的话，上半年就能调试投用，任志新和乔伟多次下现场，实地查看无人采样车的行驶路线，确定样品箱的安装位置，为其尽快投用创造可能的条件。职工们对无人采样车充满了好奇，大家从网上看到过某电商平台的无人送货车，都觉得很新鲜，没想到这么快，新科技就来到了身边，并即将应用到工作中。

乔伟对班组职工们说：“无论采用什么新技术，咱们工作的目的始终不变，那就是为生产提供准确及时的分析数据，为环保提供可靠的检测数据。前者关系工艺生产的平稳，后者事关民生安全。”巧的是，这话说过不久，就发生了一件与环保相关的事件。

厂区两公里外有一片生活区，小区的居民突然开始莫名其妙地拉肚子。随着拉肚子的人越来越多，有居民反映饮用水有异味，大家一致把矛头指向化工企业，怀疑是企业超标排污，影响了饮用水水质。明白人都知道这样的猜测毫无根据，企业外排水管道根本不可能与饮用水管道相混合，而且这段时间外排水分析数据与在线环保仪表监测的数据都没有异常。可是为了应对这次社会事件，公司第一时间停止了外排水的排放，并要求分析化验部配合事件调查，加密分析外排水样品的频次。

质检一车间水质组职工个个都是精兵强将，为了保证环保数据准确，车间把操作技能最好的几名职工放在这个岗位上。色谱组的张班长调过来担任班长后，水质组就有了两位班长，一个抓班组管理，另一个抓技术技能，工作严谨，责任分明，严格把关企业内部和外部的水质分析数据。为了确保外排水数据准确，车间要求分析外排水的仪器设备绝不能用于分析其他样品，尽量避免任何不必要的差错。在严格的管理下，水质组一直都是落实操作标准化最好的班组。接到任务后，班组立即启动应急程序。正常情况下，每天早、中、晚三次采样分析，异常情况下，改为一小时分析一次，分析数据随时与在线仪表数据对照，环保在线仪表的数据直接上传地方环保部门和集团公司环保部门。任志新和乔伟都守在单位没有离开，一方面时刻关注分析数据变化，另一方面随时准备与外界做好沟通。为了保证数据精准无误，在两位班长的带领下，水质组的几名职工重新配制各种化学溶液，对仪器进行调校，没有人好事打听居民区的拉肚子事件，大家只专注着自己的工作，分成两班，吃住在单位，轮流工作休息。魏佳宜和几名相关的技术人员留下来配合开展工作，时刻准备处理有可能出现的仪器或技术问题。李爽和周宏波也没走，李爽负责采写新闻、拍照，周宏波负责数据整理和传输上报，职工们整整鏖战了一天一夜。乔伟给大家准备了咖啡、方便面、饼干等食品，还让方岚在EAP室的沙发旁铺设了两张行军床，供大家轮流休息。

转天清晨，化验楼外鸟鸣婉转，声音清脆，如珠玉落盘，一张张疲倦的脸被鸟鸣声提振了精神，重新抖擞起来。一会儿，好消息传来，居民拉肚子的原因找到了，跟企业外排水根本没有关系。乔伟和任志新来到水质组宣布，紧急状态解除。早晨六点半，张经理亲自打来电话，通知他们不用再加密分析外排水了，居民拉肚子是因为生活区化粪井里的污水混进了生活水里，把生活水污染了。职工们听说是化粪井污染了生活水都皱起了眉头，旋即又舒展开来，七嘴八舌地议论开了。"现在从国家到企业多重视环保呀，咱们不可能乱排放。""咱们的数据都是'铁数'，根本不可能有问题。"

拉肚子事件后，公司举办了一场走进企业的联谊活动，邀请当地居民进企业参观。漂亮的花园式工厂，清澈的外排水和水里游弋的锦鲤，还有纤尘不染的化验室，一处处一幕幕，让百姓对企业环保工作放了心。居民们带着疑惑而来，满载信任和全新的认知而去，这次联谊改变了地方居民对企业的固有印象，企业与地方民众的关系变得融洽起来。

在分析化验部召开的工作例会上，质检一车间受到了领导表扬，车间"5S"活动的效果非常明显，在企业与地方的联谊活动中，居民们都夸赞化验室环境整洁，物品摆放规整，比家里的厨房都干净，而且车间的楼道里、窗台上、卫生间的洗手台边还摆放着美丽的鲜花，赏心悦目，清爽宜人。公司的《新闻联播》很快对联谊活动做了报道，视频中，质检一车间公共区域环境优雅，化验室整洁有序，成为一张靓丽的企业名片。

不久，魏佳宜获得了一本鲜红的荣誉证书，车间和部里一致推举她当选公司“三八红旗手”，如今荣誉下来了。李爽在宣传工作上的成绩越来越突出，拍摄的环保宣传片在总部获得了二等奖，她俨然成了公司里的“小名人”，还被公司有关部门“盯”上了，想把她挖过去。乔伟跟刘书记说，等李爽入党之后就放她走。周宏波成了车间的数据网络工程师，他兢兢业业，一丝不苟，在数据网络上就没有他处理不了的问题，车间的数据报出准确率、及时率月月都是满分。王晓光抓紧学习理论、练习操作，为技师考试做着最后的准备。任志新背后打包票说：“以王晓光的水平，通过技师考试绝对没有问题。”陆续又有职工退休了，方岚为大家准备了一场又一场欢送会，她默默地为车间服务，赢得了领导的肯定和职工们的尊重，自己也倍感幸福。

光阴流转，岁月如梭，新老交替，人来人往，不变的是化验室里忙碌的一天又一天。

在车间全体党员大会上，乔伟按照惯例开展主题教育活动，和大家一起学习习近平总书记在视察胜利油田时的讲话。他说：“‘三老四严’是我们的优秀作风和企业传统，我们的企业一路走来，可谓披荆斩棘，‘大庆精神’永不过时。前人栽树后人乘凉，但是我们作为新生代不能只顾着乘凉，我们要把优秀的作风接力过来，传承下去，希望我们大家互相勉励，肩负起这份使命和责任。”

柳婷从新项目选址地给乔伟发来了照片，广袤的土地一望无际，企业的未来正在那里孕育，终有一天会拔地而起。企业发展即将掀开新的篇章。推动能源清洁低碳转型，实现高质量发展，是新时代新阶段给企业提出的新要求，大势所趋，新的挑战和任务还在前面。

小小的车间在庞大的企业里就像江河里的一滴水、高山上的一粒石，它微不足道，却也生机勃勃，蕴含着无限潜力，拥有着丰富能量。它的强壮健康是企业强健的保障，它的无限生机是企业活力的不竭源泉。车间的每一个鲜活生命都是企业的一部分，从踏入企业的那一刻起，就注定与企业的命运紧紧相连。

刁建利调走后，质检一车间副主任的位子一直空着，部领导没有确定新的人选，车间的整合工作也还没有结束。按照工作目标，最终要实现“横班制”。推行“横班制”，也就是要取消以专业划分的班组制，前提是每名职工都能干油品、色谱等所有专业的工作，因此培养技能操作“全岗通”职工成为首要任务。无疑，实现这一日标任重道远。它需要职工们与时俱进，持续学习新技能；需要党员骨干发挥带头作用，持续推进新技术应用；需要新一代领导干部具备创新开拓的精神、坚韧不拔的领导力和人心所向的凝聚力。

化验楼外，夜色正浓，装置区里灯火如昼。乔伟身穿蓝色工作服走下台阶，回头仰望灯火通明的化验楼，悄悄地对自己喊了一声“加油!”然后转身大步离去。厂门外，柳婷正站在灯影下向他招手。

后　记

为深入学习贯彻习近平文化思想，打造健康文明、昂扬向上、全员参与的职工文化，天津市总工会联合天津市作家协会、中国工人出版社开展天津市职工作家培育工程，深入挖掘中国职工文学起源地的深厚宝贵资源，创作职工文学精品，大力传承和弘扬职工文学，积极推动天津职工文学繁荣发展。通过培育工程，力求发现培育一批职工作家，点燃天津职工文学创作之火，推出讴歌新时代、颂扬主旋律、增强职工精神力量的现实主义小说作品，讲好中国故事、天津故事、职工故事，大力弘扬劳模精神、劳动精神、工匠精神，凝聚起为实现中华民族伟大复兴中国梦而团结奋斗的强大精神力量。

2023年4月培育工程启动以来，面向天津市职工征集5万字以上中长篇小说，先后召开两次专题工作推进会，举行职工作家培育工程座谈会，举办职工读书分享活动，基层工会认真组织，广大职工文学爱好者积极参与，共收到53部应征小说作品。天津市总工会、天津市作家协会成立专家评审组，推选出了10部小说作品，由此确定10名职工作家培育对象，随后邀请知名作家、评论家对10名职工作家培育对象作品进行指导，小说作品都在原有的基础上进行了结构和文字上的拓展完善，2023年底完成10部小说作品的成稿，经过中国工人出版社专业出版团队精心打造书稿，2024年4月出版发行天津市职工作家创作文丛。

感谢著名作家蒋子龙对培育工程的关注和支持，特别是蒋老逐篇审阅了文丛书稿，提出了修改意见，并亲自为文丛作序，倾注了大量心血，他对晚辈和新人的倾心扶植与关爱，让我们感动。全国总工会对天津市职工作家培育工程给予充分肯定，全国总工会宣教部专题听取汇报，提出指导意见，对丛书出版和推介也提出具体意见。感谢天津市委宣传部、天津市作家协会对丛书编辑出版的指导和支持。还要感谢王震海、狄青、张楚、邵衡宁、宋曙光、徐福伟、黄桂元（按姓氏笔画排序）等作家、评论家对职工作家培育对象进行了一对一悉心培育，对作品给予了一对一倾心指导，在此对各位领导和专家表示衷心的感谢。

由于编者水平有限，疏误之处，敬请广大读者批评指正。

天津市总工会

2024年4月